「匡深様？」
「あ……ぁ、く……っ」
「いかがなさったのでございますか？」
「き、来ては……ならぬ！」

AZ NOVELS

平安異聞　君ありてこそ

牧山とも

CONTENTS

CONTENTS

ILLUSTRATION
周防佑未

平安異聞　君ありてこそ

平安異聞　君ありてこそ　登場人物相関図

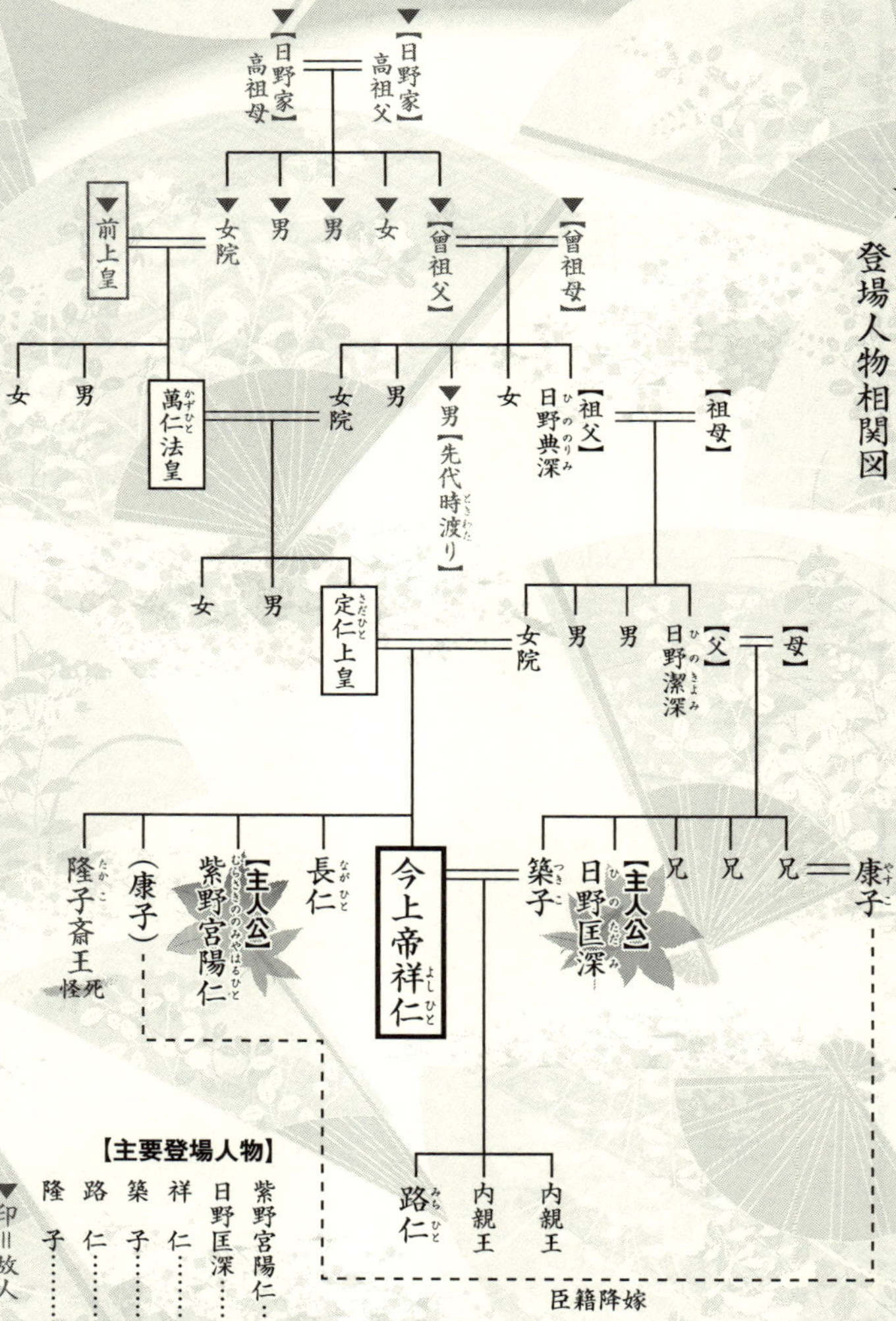

【主要登場人物】

紫野宮陽仁……中務卿《なかつかさきょう》
日野匡深……図書頭《ずしょのかみ》、路仁の教育係
祥　仁……今上帝
築　子……匡深の妹、祥仁の正室
路　仁……陽仁・匡深の甥、親王
隆　子……伊勢斎王、祥仁の妹

▼印＝故人

玉の緒よ絶えなば絶えねながらへば　忍ぶることのよはりもぞする

式子内親王《しょくしないしんのう》

わたしの命よ。絶えてしまうというなら絶えてしまっておくれ。
生きながらえていたならば、こらえ忍ぶ気持ちが弱り、
恋い慕う想いを秘め切れなくなってしまうかもしれないから。

◇◆◇

「なにやら落ち着かぬな」

出仕を終えて邸《やしき》に戻り、私室で書物を読む日野匡深《ひのただみ》が嘆息まじりにひとりごちた。

ここ数日来、どうにも嫌な予感に苛《さいな》まれている。

具体的になにが起こるかまでは予測しえないが、昔からこの類《たぐい》の勘は鋭かった。なにより、気のせいで片づけるには由々しき胸騒ぎだ。

どんなに振り払っても、幾許《いくばく》もなくぶり返してくる。

まとわりつく憂慮に、結局は文字を追うのをあきらめた。やおら書物より視線を上げた刹那《せつな》、名を呼ばれる。

「匡深様」

「淑望《よしもち》か」

「はい。読書中に申し訳ありませぬ。よろしいでしょうか？」

「ああ。かまわぬ」

「失礼いたします」

おもむろに襖障子《ふすましょうじ》を開いた淑望が軽く頭を下げた。この一歳年上の乳兄弟《ちきょうだい》は神経質な自分とは違い、穏和な気立てで笑顔が絶えない。濃《こま》やかな気遣いが常で面倒見もよく、献身的に尽くしてくれる。

そんな彼が珍しく真顔のまま、どこか緊張した口調で告げた。

「殿《との》がお帰りになられました。太政大臣《おおきおとど》様もご一緒でございます」

「お祖父《じい》様も？」

匡深の住処《すみか》は父親の邸ゆえに、主人の帰宅は当然だった。なれど、別の場所に邸宅をかまえている祖父の訪問は滅多にない。

いくら近しい血縁とはいえ、匡深や父のほうこそが訪れて然《しか》るべき立場だ。なんといっても、臣下の中で最高位に在る人である。自ら出向く必要などなく、自邸へ呼び出せばすむ。例外は、帝と皇族の方々《かたがた》くらいか。

実質的には左右の大臣が実務を執る名誉職にせよ、太政大臣の発言力は健在だった。

左大臣《ひだりのおとど》たる父・潔深《きよみ》を凌《しの》ぐ身分の祖父・典深《のりみ》の来訪が淑望を畏《かしこ》まらせていると悟る。

「左様です。それで、匡深様をお呼びしてくるよう仰せつかって参りました」

「そうか。…さて、なんの用事やら」

「え？」

急なおとないを訝《いぶか》って低く呟《つぶや》くと、側近が小首をかしげた。なんでもないと、ゆるやかにかぶりを振る。

「いや。参ろう」

「はい」

書物を閉じ、優雅な仕種《しぐさ》で立ち上がって私室を出た。その際、匡深の右斜め後ろへ淑望がごく自然につき従う気配を察する。

さりげない配慮に和まされ、ふたりのもとへ向かった
渡殿《わたどの》を歩きながら、すでに傾き始めている日輪《にちりん》に気づく。長月《ながつき》を迎えて間もないが、日はだいぶん短くなってきた。

暑さはすっかりなりをひそめ、朝晩は過ごしやすくなった。蟬《せみ》にかわり、虫の音が耳に心地いい興趣な季節だ。さらに秋が深まれば、庭の木々も美しく色づくはずと横目で植栽を見遣《みや》る間に母屋《もや》へ着く。

壁代《かべしろ》越しに中へ声をかけて、淑望には下がるよう命じて室内に入った。平素は父がいる上座に今日は祖父がいた。

彼らの前へ腰を下ろし、深々と一礼しかけた匡深を典深が遮る。

「挨拶《あいさつ》はよい。もっと近くに寄れ」

「…これ以上ですか?」

「いかにも」

「………」

しかつめ顔で肯定されて一瞬、戸惑《とまど》った。

今でさえ、互いに腕を伸ばせば接触できる距離だ。この上、さらに間を詰めるとなるとかなりの近さになる。

とりあえず人は遠ざけたが、いっそうの密談を所望なのかと考え至った。

召呼にうなずき、手が届くところへ座り直す。ほどなく、慈愛に満ちた眼差《まなざ》しとともに左頬《ひだりほお》を撫《な》でられた。

「外だと、愛《いと》しいそなたにろくに声をかけられぬやら、触れられぬやらで難儀だの」

「太政大臣…」

「これ、匡深。そうではなく」

打って変わって厳《いか》めしい面持ちを崩した典深に、匡深が溜《た》め息《いき》をついた。孫馬鹿ぶりを遺憾なく発揮中といった好々爺《こうこうや》具合に呆《あき》れる。

他者に対しては厳格、鬼をも震え上がらせると評判の男とは思えぬ様相だ。

こんな姿を政敵が見たら、自身の目と耳を盛大に疑うだろう。疑ったあげく、こちらを陥れる目的のなんらかの罠《わな》、あるいはなにかの間違いと結論づけさせてしまうほど普段との差異が甚《はなは》だしい。

「ほかに人目はないゆえ、いつものように呼ばぬか」

「……お祖父様」

「うむ。変わらず、息災でなによりだ」

「畏《おそ》れ入ります」

儀礼的に返すも、まじめに話を聞く体勢を取っていた己が哀れになった。つい数日前に顔を合わせたばかりなのでなおさらだ。

若干覚えた眩暈《めまい》を堪《こら》えつつ、頬に触れる手を控えめに離して促す。

「わたくしに用があると伺いましたが」

「その前に、まずは訊《き》かせてくれ。出仕はきつうないか?」

「…ええ。少しも」

「誰《だれ》ぞに、つらく当たられたりされてはおらぬな?」

「ですから、左様な者はおりませぬと先日も申し上げました」

「ならばよい」

もう忘れたのかと言い添えて、淡々と耄碌《もうろく》嫌疑をかける。

苦笑を滲《にじ》ませて窘《たしな》める父を笑い飛ばす祖父は、どこまでも匡深に寛容だ。冷酷無比で名を馳《は》せる太政大臣も、掌中の珠《たま》に限っては甘かった。

典深とは、会うたびにこういったやりとりが繰り返されている。おかげで答えも毎回似たり寄ったりだ。尤《もっと》も、正直なところ嫌がらせをしかけてくる手合いはいなくもない。それとて、皮肉を言われるのが関の山で取り合っていなかった。

いちいち相手をするには数が多すぎるせいもある。なにしろ、日野一門は当代において比肩しうる者なき名門上級貴族なのだ。

家柄と出自へ嫉妬《しっと》されるのは、権門《けんもん》の出ならではの不可避なさだめといえる。

祖父と父のほかも、宮中の要職は百余年にわたって一族がほぼ独占していた。殊に、この数十年間は天皇家に娘を嫁がせて、生まれてきた皇子を帝位に就かせるという日野による閨閥《けいばつ》政治が常態化しつつあった。

貴族社会の頂点に立ち、政《まつりごと》の中枢にもいて絶大な権力を揮《ふる》う日野家の意向を、今や天皇家ですら無視できない。

現状とて、今上帝《きんじょうてい》の祥仁《よしひと》は典深の孫で、その正室・築子《つきこ》も同様だ。

典深の娘かつ、潔深の妹が先帝に嫁いでもうけた第一皇子が祥仁だった。今年三十歳の帝を筆頭に、彼女は三人の男子と二人の女子に恵まれた。

第二皇子は椿山宮長仁親王《つばきやまのみやながひと》で二十七歳、第三皇子が紫野宮陽仁親王《むらさきののみやはるひと》で二十四歳だ。

現在はその役職から通称、各々が式部卿《しきぶきょう》の宮《みや》、中務卿《なかつかさきょう》の宮《みや》と呼ばれている。前者は式部省《しきぶしょう》、後者は中務省《なかつかさしょう》の長官を指す。

帝は温厚で思慮深い人柄と知っていた。式部卿の宮は堅実な性質と聞く。兄宮らとは対照的に、中務卿の宮は奔放な性分らしかった。

両宮方《りょうみやがた》と面識はあれど、ほとんどかかわりがないため人となりは伝聞だ。

第一皇女の康子《やすこ》内親王、第二皇女の隆子《たかこ》内親王とは接点は皆無だ。

そして、匡深と槃子は兄妹ゆえに、帝は父方の従兄《いとこ》で義弟になる。もとより、帝の弟妹方とも血縁上は従兄妹の続柄ながら、畏れ多くも相手は皇族である。臣下の分際で軽々しく接することは許されない。

身の程を弁《わきま》える傍ら、日野氏は斯様《かよう》な手段で皇室と深い関係を持ちつづけてきた。必須《ひっす》とあらば政敵の粛清も断行し、今日《こんにち》の地位を築き上げた。

あえて言及せずとも、味方もいれば敵も多い。

とりわけ、一族直系の者は周囲からの妬《ねた》みが激しい。匡深も例外ではなく、枢要な官職に就く兄たちにもましてやっかまれる。

母親譲りの嫋《たお》やかな容貌《ようぼう》と、右目が不自由な点も侮られる要因か。併《あわ》せて、帝の二歳になった第一皇子・路仁《みちひと》親王の侍読《じとう》に就任以降、風当たりはなお強まった。

匡深の本来の役職は、中務省に属す図書寮《ずしょりょう》の長官で図書頭《ずしょのかみ》だ。本当は別の要職を典深が用意してくれたものの、書物好きが高じてそこを選んだ。

しかし、図書の保存や書写を司る務め程度ならまだしも、次期東宮の学問指南役となると、帝からさらなる引き立てをいつ得られるかわからない。その重職に、自分が抜擢されたのが周辺貴族の反感を買ったとみえる。

どうせ、祖父か父の声がかりと看做《みな》されているようなれど、事実は異なった。彼らは、匡深が人前に出るのをかえって懸念する。

侍読の話は、純粋に帝の意向だ。六年前に匡深が二十歳《はたち》で出仕し始めた頃、まだ東宮だった帝が図書寮へ不意に立ち寄った折、請われて論語のさわりを諳《そら》んじた。

よもや、全編を暗記しているとは予期しなかったらしい。加えて、四書や古事記など主な書物は覚えていて解説もできると知った帝に希代の秀才といたく感心された。

帝自身も学識が深いため、好意的に受け取ってもらえたに違いない。このときのできごとを心に懸けていてくれたのが選任の所以《ゆえん》だ。

皇子には最高の知性を誇る教育係をと、先頃、清涼殿《せいりょうでん》にて帝直々に頼まれた。

身に余る光栄な話だが、ほかに適任者はいると一度は辞退した。けれど、皇子の伯父《おじ》でもある匡深にこそ任せたい等々訴えられては無下に断れなかった。

おそらく、帝の親心も並々ならぬものがあると推察される。築子をはじめ、数名の側室との間に子はいても内親王ばかりだったので、即位の翌年に授かった待望の世継ぎに思い入れも深いのだろう。もちろん、日野氏とて男子誕生はよろこばしい。

路仁が三歳になる来春、立太子の儀式を執り行うべくすでに動いていた。つつがなく日嗣《ひつぎ》の御子となれば、四代つづけて日野家の血が入った天皇践祚《せんそ》となり、一族の政治基盤は盤石さを増す。

諸々《もろもろ》の大人の都合はともかく、親王は健やかに成長している。

匡深も当初は小さな子供への接し方に迷うも、今はだいぶん慣れた。路仁の年齢的に、実際は侍読とは名ばかりの遊び相手だ。皇族や貴族の男子が七歳で初めて漢籍の読み方を授かる読書《どくしょ》始《はじめ》までですさえ、道のりは遠い。

仮にそう説いたところで、貴族連中は納得するまい。妬心が募ってか、匡深の眼帯姿を見て、そのような異形で皇子とまみえるなど論外とすれ違いざまの誹《そし》りにも遭った。

弱い者の身になれる優しさを我が子に養ってほしいとの帝の深慮とは、考えもつかぬのが嘆かわしい。無論、彼らの立場になれば、自分が出世に邪魔なのもわかる。

優雅に見えて、足の引っ張り合いが日常の宮中だけにひとしおだ。

匡深が置かれた状況を薄々知る分、祖父と父は案じるのだろう。

気持ちはうれしいものの、元々他人に関心が薄いせいか別段気にならない。強がりでなく、図書寮で孤立ぎみでも周囲に敬遠される事態も、むしろ好ましかった。

元来、務め以外で誰かと交流を持つ意思が皆無だ。以前、親交を結ぼうとして、日野家の権勢に与《あずか》りたい下心が相手から汲《く》み取れて懲りた。

それ以来、親しい友人もつくらず、邸で書物ばかり読んでいる。女人を含め、私的な文《ふみ》の交換もしない。帝に召し出された場合を除き、宴へ招待されてもまず行かない。専ら、自邸と図書寮を往復する日々を過ごしていた。

必要以上に他者と交わらずに、好きな書物に囲まれた生活だけで充分だ。変わり者と陰口を叩《たた》かれようがかまわなかった。

出仕先での事柄を、逐一言いつけるつもりもない匡深が再び水を向ける。

いい加減に本題へ入れの意を込めて訊《たず》ねると、典深がふと表情を引きしめた。わずかな間、匡深を痛ましげに見つめて重々しく言葉を紡ぐ。

「事と次第によっては、そなたに助けを仰ぐ事態になるやもしれぬ」

「……っ」

述べられた内容に、知らず息を詰めた。

日野一族の当主たる祖父が自分へ助勢を求める意味は、ひとつしかない。匡深に受け継がれた秘せし力を解放せよとの命令だ。

眼帯の奥が若干、疼《うず》いた気がした。手を右の目元へ反射的に持っていきかけ、途中で気づいてやめる。

通常は盲目の匡深の右目は、実は余人に見えざるものを映す。

現世《うつしよ》ではなにも見えないかわりに、時空の狭間《はざま》においてのみ視力が働くのだ。異空間を視《み》るときは、逆に左目が光を失う。

己の意識を定めた時の流れへ飛ばし、過去や未来を視ることができるこの能力を『時渡《ときわた》り』という。また、稀《まれ》なる異能を備えた者は『時渡り人《びと》』と呼ばれた。

自在に時を渡れる『時渡り人』が、日野家にはなぜか代々生まれてくる。それも、必ず直系男子に現れた。ゆえに、その存在と力について知るのも一族直系の者だけだ。

彼らを秘匿しながらも、折々の当主はいざという局面で役立ててきた。そうでなかったら、ここまでの一族繁栄はないに等しい。

権力者の日野氏にとって、こんなに重宝な人才はない。

あらゆる事象について先が読めれば、対処は容易《たやす》い。政敵の動向が事前に摑《つか》めるし、起こってしまった難局も時をさかのぼって解決の糸口を見つけられる。

まさに、陰陽師《おんようじ》を凌駕《りょうが》する万能な道具といえた。ただし、『時渡り』の頻繁な利用は制限せざるをえなかった。

なぜなら、力の行使は『時渡り人』の命と引き換えになる場合が多いためだ。

一門の中核を担うのに不可欠な直系男子にしか継がれない事実が、皮肉にも異能の濫用《らんよう》抑止に繫《つな》がっていた。最も濃い血筋の者を躊躇《ちゅうちょ》なく犠牲にできるほど、先人たちも非情になり切れなかったらしい。

現今、国家や帝の一大事に限り使うのが習わしだった。即《すなわ》ち、一族の存亡にかかわる事柄との認識である。

ちなみに、『時渡り人』は丁重に扱われつつ人目にほぼ触れず、邸の奥深くで静かに暮らしてきた。その慣習を破ったのが先代で、典深の兄だ。

邸内で仙人じみた枯れた生活をするより、可能な範囲で普通の人生を送りたいと願ったとか。

彼が異能者では初めて出仕し、『時渡り人』の証《あかし》で盲目の右目保護の観点から眼帯をして人前に出たという。

彼の死の翌年に生まれた匡深へ祖父が肩入れするのも、自らの兄と重ねている部分が大きいはずだ。

匡深も従祖父《おおおじ》に倣い、外へ出る道を踏襲した。邸に閉じこもっていては、むしろ気分が沈みそうに思えた。

蛇足ながら、『時渡り』の心得《こころえ》は歴代の『時渡り人』が詳細に書き綴《つづ》ったもので学んだ。

それでも、幼い時分はなにかと怖かった。まだ力を制御できずにいたので、左右の目で違う光景が見える状態に混乱を極めた。そんな自分を、祖父を中心に家族が辛抱強く見守り宥《なだ》めてくれて今が在る。

人と違う己の異能がどんなに厭《いと》わしくも、逃れられない。まして、世々の『時渡り人』も皆、役目を全うした。

長じるにつれて、これが自身の宿命だと恬淡《てんたん》と受け入れた。

自らの存在が国のため、ひいては一族のためになるならと滅私に徹した。

だいいち、異能を使ったら確実に命を落とすとは限らないのだ。あくまで、その行使による絶命の確率が高いだけだ。

現に、匡深はすでに一度、経験ずみだが生きている。

人生初の『時渡り』は十二年前、先帝たる定仁《さだひと》上皇が原因不明の高熱で伏した際だ。高僧らが平癒を祈禱《きとう》するも成果は得られず、治るどころかもののけが現れた。

直ちに先代の陰陽頭《おんようのかみ》の永峰《ながみね》が呼ばれて懸命に祓《はら》ったが、怨念《おんねん》は凄《すさ》まじく、上皇を取り殺す勢いだった。そこに至り、典深の要請を受けた。

どうやら、もののけの仕業に見せかけた呪詛《じゅそ》を危ぶんだ結果らしい。同時期に、祥仁の東宮廃位の動きもあったそうで見過ごせなかったようだ。

国家及び帝のためとの掟《おきて》に則《のっと》り、匡深は時を渡った。数年ほど過去にさかのぼっていって、すぐに原因をつきとめた。

心配された呪《のろ》いではなく、怨霊の正体はかつて上皇に愛された女人で、寵愛《ちょうあい》がなくなったことを恨んだまま病で亡くなっていた。その愛憎混合の遺恨を、死霊となって思い知らせにきた顚《てん》末《まつ》だ。

早速、件《くだん》の女人を丁重に弔ったら、上皇の病は癒《い》えた。

このときの『時渡り』を終えたあと、匡深は昏睡《こんすい》状態に陥った。二日後に目が覚めた瞬間、枕《まくら》元《もと》にいた母が涙したのを覚えている。

自分は幸運にも助かったにしろ、命懸けの使命に変わりはなかった。

影響は人格形成に出たようで、わりと厭世《えんせい》的な性格が培われた。他人に興味があまりないのも弊害のひとつかもしれない。

集中力が大前提の『時渡り』の性質上、濫《みだ》りに感情を乱せぬから比較的沈着なほうだ。

兄たちには、きまじめで細かい性分と評される。重い運命を担って不憫《ふびん》とも気遣われるけれど、匡深本人は案外と悲愴《ひそう》感は薄かった。

なにせ、日野一族の現当主と次期当主が過保護すぎる。前回、生死の境を彷徨《さまよ》ったのがよほどこたえたのか、以来『時渡り』をさせたがらない。

帝が少々困っていても、陰陽師を差し向けてすませる勢いだ。匡深が知るだけでも、上皇の件以後、二度は権力闘争が起こっている。にもかかわらず、些細《ささい》な問題で大切な『時渡り人』を煩《わずら》わせるのは言語道断と声をそろえる。

臣下がそれでいいのかと思わなくもなかったが、今回は悠長にかまえていられない事態が生じたのだろう。

「申しておくが、まだ定まったわけではないのだ」

「お祖父様」

「しかと有様を見定めての話だからの」

苦り切った口ぶりに、典深の苦悩が表れていた。そばに座す潔深も同様で、眉間《みけん》に深い皺《しわ》が刻まれている。

両者の渋面を交互に眺めつつ、あの胸騒ぎに得心がいった。典深がわざわざ訪ねてきた意図もわかり、静かな口上で匡深が訊ねる。

「主上《おかみ》の御身に、なにかございましたか？」

「今は、主上にはまだだ」

「……では、どなたに？」

「そこからは、わたしが話そう」

「父上」

言うまでもなく、口外しないよう念を押された。

当然とうなずいて話を引き継いだ潔深に視線を移すと、淡如と訊かれる。

「斎王《さいおう》のご薨去《こうきょ》は承知だな」

「ええ。病死でいらしたとか」

伊勢神宮《いせじんぐう》に帝の名代として奉仕する斎王は、未婚の内親王か女王が務める。

今上帝の即位後、数年来この任に就いていたのが帝の実妹で先帝の第二皇女である隆子内親王だ。ちなみに、姉の康子内親王は匡深の長兄へ降嫁《こうか》していた。その斎王が五日前、急な病により十八歳の若さで亡くなった。

悲しみの中、喪に服しながらも、帝は新しい斎王の選定に入っている。

「病ではない。…本当はご自身で命を絶たれた」

「!?」

「それから、そば仕えの女房の話では、斎王は身ごもっていた兆しがおありになったそうだ」

「……っ」

自害だけでも驚愕《きょうがく》なのに、懐妊と聞いて匡深は絶句した。斎王の訃報が伊勢より届いた際、あまりにも凄絶《せいぜつ》な内容に帝も愕然《がくぜん》となったとか。

だいいち、神に仕える身でありながら、あってはならぬ不祥事だ。しかし、斎王の死は世間に隠せない。とはいえ、自刃《じじん》と密通についてはさすがに公表できず、女房にも堅く口止めして表向きは病死と取りつくろったそうだ。

ただ、斎王の突然すぎる死は数々のあらぬ憶測を呼んでしまった。特に、帝の為政が悪いのではとの噂《うわさ》が宮中でまことしやかに広まり始めた。

これを耳にした帝が、一番の近臣たる父へ秘密を打ち明けたのが発端とか。

いつもどおり、潔深は現・陰陽頭の三鞍為佳《みつくらためよし》に話を振った。ところが、いざ三鞍へ極秘に占わせると、予想以上に芳しくない答えを返されたという。

「どのような?」

「斎王の死にまつわり、主上の御世を揺るがしかねぬ企《たくら》みが進んでいる。遅きに失せば、取り返しがつかぬ事態になりかねず、事は急を要すると」

「…たしかに、不穏ですね」

「さすがに看過できなかった」

三鞍の推条《すいじょう》に事態は深刻と看做した帝に、あらためて相談を持ちかけられた。それを受けて、潔深は策を講じてくるといったん御前を辞し、その足で典深の邸へ赴いて仔細《しさい》を告げて現在に至るらしい。

急いでいたから、自邸にいた祖父は直衣《のうし》姿で、父は束帯姿のままだったのかと思う匡深が居ずまいを正す。

「わかりました。では、『時渡り』を速やかに…」

「早まるな、匡深。まだ使うと決めてはおらぬと申したであろう」

「なれど」

止める典深に潔深も同調する。ふたりの対策とは、基本的には三鞍の陰陽道と匡深の知力を用いて真相を調べる案だ。それでも解決の目処《めど》が立たなかった場合の最終手段が『時渡り』で、できれば行使しない方向だと釘《くぎ》をさされる。

「仮に使うとしても、そう励まずともよいのだぞ」

「潔深の申すとおりだ。半分ほどの力でな」

「右目を半眼しか開かぬとかはどうだ」

「おお。いっそ薄目でいくか」

「……父上。お祖父様」

この大変なときに、真剣に手抜きを奨励されてこめかみを片手で押さえた。

匡深を溺愛《できあい》しすぎて往生際が悪くなっている政の重鎮を、切々と諌《いさ》める。

「『時渡り』に手心は加えられませんし、半眼も薄目も疲れるので嫌です」

もちろん、異能を使わずにすむのが一番だ。詳細をさらに踏まえたほうがやりやすいのも否めず、とりあえずはふたりに従う。

性格的にまじめ極まる反論で彼らに溜め息をつかせた自覚はないまま、翌日、匡深は潔深に伴って参内《さんだい》した。

人払いがなされた清涼殿で帝と謁見する。普通は御簾《みす》越しだが、内密な話のせいもあってか、直接尊顔を拝す。

ひさしぶりに拝謁した帝は、優しげに整った面差しが若干窶《やつ》れているように見受けられた。隆子内親王の衝撃的な死に加え、波瀾《はらん》含みの身辺では然《さ》もありなんだ。

恒例の挨拶のあと、潔深が粛々と述べる。

「主上、昨日の件はそこなる我が愚息にご一任いただけませぬか」

「図書頭に？」

「左様でございます。陰陽頭の三鞍と力を合わせ、才知の限りを尽くして事実を明らかにいたす所存にて」

「ほう」

策を聞いた帝が、匡深が同行した意図を摑めたというふうに肯《がえん》じた。

そうして、匡深ならば潔深同等に信頼に足る。秀才の誉れ高い図書頭は事件解明に適任であり、頼もしい味方だと過分な言葉も賜る。

「恐悦至極に存じます」

「すまぬが、頼む」

「御意」

斎王の死に絡む策略の真相調査を秘密裏に請け負った直後、慌ただしい声が近づいてきた。

自然とそちらへ視線を向けると、凛々《りり》しい容貌の公達《きんだち》が颯爽《さっそう》と歩いてくる姿が視界に入る。それを帝の侍従《じじゅう》が必死に止めていた。

「何卒《なにとぞ》、お留《とど》まりを」

「よいではないか。…主上、お話があります！」

「なりませぬ。只今《ただいま》、主上はお取り込み中にございます。今少しお待ちください」

「ならば、ここで待とう」

「いいえ。どうか、控えの間にお戻り遊ばしませ」

「もう参ってしまったのだ。あきらめてはどうだ？」

「そのように仰《おお》せられましても…」

大弱りの侍従をおおらかにあしらいつつやってきたのは、中務卿の宮こと紫野宮陽仁親王だ。鈍色《にびいろ》の喪衣《もぎぬ》姿の父や自分と違い、服喪期間にもかかわらず浅紫《あさむらさき》の直衣を艶《つや》やかに着こなしている。

実弟の参上に帝は檜扇《ひおうぎ》を開いて苦笑し、匡深と潔深は恭しく頭《こうべ》を垂れた。

「陽仁。侍従を困らせるでない」

「左様なつもりはございませんでしたが、気が急《せ》いていたものですから」

「仕方のないやつだ」

「申し訳ありませぬ」

咎《とが》める口調ながら、兄帝が怒っていないのが陽仁にはわかる。

困惑ぎみの侍従を下がらせて、呼ばれるまま上座へと進んでいった。先客が席を譲ったのを当然と受け止め、帝のそば近くに座る。

隆子の死去から、早くも五日が経っていた。遺体は現地に葬られるため、死は穢《けが》れと承知でも居ても立ってもいられず、伊勢へ赴いて埋葬を見届けて帰ってきたばかりだ。その道中、いろいろと案じるも、やはり急な病死が腑《ふ》に落ちない。

なんの持病もなかった妹を知るだけになおさらだ。さらに、都に戻ってみたらよからぬ噂が宮中に蔓延《まんえん》していて帝の様子も心配になった。

伊勢路を報告がてら、隆子のことも話したかった。

取り急ぎ、二条の自邸に着いて着替え、休む間もなく内裏を訪れた。すると、重臣と対面中と聞き、もしや切迫状況かと闖入《ちんにゅう》した次第だ。しかし、相手が母方の伯父の左大臣でいささか胸を撫で下ろす。

いつ見ても感心するほど強面《こわもて》の彼は、不動明王《ふどうみょうおう》めいて殺気立って映る。気弱な者なら、ひと睨《にら》みで冥土《めいど》に送れそうな険しい形相だ。朝議などでも、異義を申し立てる気概のある貴族はまずいない。

政界切っての切れ者でも知られ、優れた政治手腕で帝を補佐し、頼りになる。

右腕たる存在の左大臣がいるのは理解できるものの、政とは無縁の図書頭がいるのは解せなかった。

どう考えたところで、現況にかかわりがある人物とは思えない。

百歩譲って侍読だからにせよ、この場に路仁は不在だ。いくら親子とはいえ、無関係の官職者を介入させるような公私混同を左大臣はしないと知っている。

結局わからず、陽仁が率直に帝へ訊ねる。

「主上。左大臣はともかく、図書頭がなにゆえここにいるのでしょうか?」

「……っ」

その直後、視界の端に映っていた匡深が小さく身じろいだ。そして、陽仁の問いに答えが返るよりも早く、帝に退出を願い出る。

唐突な申し出にも、鋭さを増した左大臣の目つきにも首をひねる陽仁を後目《しりめ》に、帝が匡深に言った。

「図書頭、下がらずともよい」

「はっ」

「断っておくが、陽仁に悪意はないのだ。許してやってくれ」

「御意」

「え？　……あ」

帝の口添えで、ようやく己の発言が微妙なものだったと気づく。

身分的に傅《かしず》かれる側の陽仁は周囲にほとんど気を遣わない。思ったことは迷わず口にするし、好奇心も旺盛《おうせい》だ。

似た環境に身を置くも、帝王学を身につけた長兄や几帳面《きちょうめん》な次兄と違い、三男として伸び伸び育ったせいか朗らかな気質だと評される。

また、社交的かつまっすぐな気性の上、疑問に感じた事柄は徹底的に自ら確かめる行動派で正義感も強かった。そのため奔放な言動を取りがちながら、陽仁をよく知る者からは元来の鷹揚《おうよう》な性分もあって憎めないとも聞く。

そういった自覚はないけれど、誰かと反目し合った例《ためし》はなかった。それは恋愛においてもいえる。数々の浮名を流してきているが、修羅場経験は皆無だ。

男女を問わず佳人に弱く、美人の噂を聞きつけると捨て置けない。訪ねていって親密な関係になれずとも、出会い自体が楽しい。互いの駆け引きや、思惑どおりにいかぬ想いにやきもきするせつなさが恋の醍醐《だいごみ》味なのだ。

だからこそ、叶《かな》ったときのよろこびは素晴らしかった。

近頃は、二十四歳との年齢的にも結婚を勧められる。上ふたりが早くに正室を迎えたので余計に急かされるのだろうが、まだ自由を満喫したいと独身を謳歌《おうか》中だった。

貴族の嗜《たしな》みたる歌、書、香、舞など人並み以上にできる陽仁は見映えが極めてよく、立場上ももてはやされる。

なにしろ、父方は天皇家という至尊の血筋だ。母方も最上級貴族の日野氏で、臣下の最たる太政大臣が祖父の典深である。もうひとりの祖父は数年前に仏門へ入った萬仁《かずひと》法皇であり、彼の代を境に、それまでも貴族社会の筆頭だった日野家との関係はますます深まった。

父や祖父は兄弟仲が思わしくなかったようだが、自分たちは非常に良好だ。ゆえに、帝の信頼も厚く、物静かな性格の次兄とも仲がいい。

そんな陽仁は竜笛《りゅうてき》の名手としても名高い。宮中のみならず、公卿の邸で催される管楽の宴には必ずといっていいくらい招かれていた。

その際、大概は各家の娘との婚姻をほのめかされる。申し分ない身の上だけに、絶好の婿と目されているらしい。ただ、そういう女人に限って好みではなかったりする。どれほどの美形でも、単におとなしいともの足りなく感じてしまう。

なにか手ごたえのある相手がほしい陽仁は、皇族には珍しく馬にも乗る。側近で武家出身の弓《ゆ》削行喬《げゆきたか》に、馬術以外も弓と刀の教授を受けて修得した稀少《きしょう》な武闘派親王だ。

今回の伊勢往復も、牛車《ぎっしゃ》でなく行喬同伴で馬を駆った。

かといって、荒々しさは欠片《かけら》もない。話し方も立ち居振る舞いも、まとう雰囲気も、至って優雅そのものだ。

それはさておき、自分は純粋な疑問でしかないものの、受け取り方によっては誤解を招くと先の発言を省みる。

嫌味のつもりは微塵《みじん》もなかった陽仁が匡深に向き直り、あらためて説明をつけ加えた。

「私の言葉足らずであった。すまぬ」

「とんでもないことでございます」

「誓って、他意はないのだ」

「承知いたしました」

淑《しと》やかに一礼して顔を上げた匡深と視線が合った。なにげなく微笑《ほほえ》みかけると、ぎこちなく目線を伏せられる。

片目が眼帯で覆われているので顔の右側が半ば隠れた状態ながら、その美貌《びぼう》は損なわれていない。むしろ全貌が見えないせいか、美しさへの興趣はそそられた。

母方の従兄になる間柄だが、匡深とはさしたる接点がなく親しくはなかった。されど、涼やかな麗容と『隻眼《せきがん》の秀才』との異名を持つ彼の好悪入り乱れた評判は既知だ。

甥《おい》の侍読に囁《ささや》かれる変人疑惑を本人に確認したくて、実は以前から興味津々だった。

あとでじっくり話そうともくろみつつ、長い睫《まつ》毛《げ》だと感服する陽仁へ帝が口を開く。

「陽仁。余に話とは？」

「はい」

一瞬で我に返り、日野親子を前に躊躇《ため》うも、同席が帝の采配《さいはい》と気を取り直した。兄帝への信頼はいかなるときも絶対だ。

「宮中に蔓延《はび》こるよしない噂と、隆子のことについてなのですが」

「早耳《はやみみ》だな」

「主上もご存じなのですか？」

「無論」

溜め息とともに苦笑を漏らされる。その笑みがいかにもつらそうに見えて、この風評にどれだけ胸を痛めているか推し量れた。

伊勢へ行く前日にまみえたときより、疲労の色も濃い。政務も相俟《あいま》り、心労が重なっているに違いなかった。

「左大臣と図書頭には、まさにそれらの仕儀について相談しておった」

「左様でございましたか。……ん？」

いったんは首肯するも、やはり同箇所で引っかかりを覚えた。匡深を一瞥《いちべつ》し、悪気はないと前置きした上で述べる。

「あの、二度目でまことに申し訳ありませぬが、いったいなぜに図書頭へも？」

「うむ。希代の秀才の知恵を借りる運びとなった」

「はあ…」

「この先は他言無用なるぞ。陽仁」

「御意」

事情がまったく呑《の》み込めなかった陽仁も、詳細を聞かされて驚倒した。

隆子の死因と詳しい経緯、匡深へ命じた任務にしばし呆然《ぼうぜん》となる。とりわけ、密通と懐妊の件《くだり》は俄《にわか》に信じ難かった。

「…なにかの間違いでは!?」

「余も幾度もそう思った。だが、事実に相違ない」

「……っ」

「痛恨の極みだ」

「主上……」

これほどの不祥事となると、斎王の道義的な責めは免れまい。天皇の名代としての立場上、帝への背信行為でもある。

本来であれば、厳正なる処分を公《おおやけ》に下すべきところだ。帝も一度はそう考えたが、それでは自害した隆子があまりに痛ましい。

為政者と身内との境地で悩み抜き、情が勝った末に病死と世間を偽ったとか。

ひと回り年が離れた末妹をとても可愛《かわい》がっていた帝だけに、気持ちはわかった。

彼女を生んで以後、数年ほど母が体調を崩して伏せりがちになり、父も政務で忙しく両親ともなかなか会えずに育った。そんな様を不憫に思い、兄帝は寂しくないようにと心を砕いてあれこれと慈しんだ。

年齢が近く、よくからかったりしていた陽仁からも、帝はいつも隆子を庇《かば》っていた。

「なにより、余のせいやもしれぬ」

「主上?」

後悔を滲ませて呟かれた台詞《せりふ》を訝る。ひとつ大きく息をついて脇息《きょうそく》にもたれた帝が、隆子にはもしや相愛の公達がいたのではとつづけた。なのに、いくら卜占《ぼくせん》で選ばれてしまったにせよ、嫌々伊勢へ行かせたのではないか。

あげく、斎王の責務と恋心の板挟みになり、精神的に追いつめられた。それが此度《こたび》の悲劇を招いたかもしれないという心痛に、陽仁が否と告げる。

「お言葉でございますが、主上。私が知る限り、隆子にそのような相手はいませんでした」

「なれど」

「万一いたとして、隆子の心根《こころね》で、想い人との間になした子を身ごもったまま自ら命を絶つとも考えられませぬ」

「……たしかに」

奥ゆかしく儚《はかな》げな容貌で、芯《しん》は強く優しかった末妹だ。宿した命を道連れに無理心中などありえない。当然、懐妊の事実が不貞の証拠であり、罪を逃れるべくその方法を選んだ可能性も捨て切れなかった。

客観的に見れば、陽仁の言い分は著しく信憑《しんぴょう》性に欠ける。それでも、この状態だと隆子が浮かばれなさすぎる。たとえ、身贔屓《みびいき》と指摘されようが庇護《ひご》したい。

そもそも誰の子か不明な状況も、相手に繋がる手がかりがなにひとつ残されていないことも不自然に思えた。

禁を犯してまで一線を越えたほど隆子を想ったのなら、現状で黙っているのはおかしい。咎《とが》を覚悟で名乗り出て然るべきだ。

三鞍の物騒な占い結果も踏まえると、いっそう妙だと言い募った。

「主上。なにかしら深い由《よし》が必ずやあったはずです」

「陽仁」

「私は、隆子を信じております」

「…尤もだな」

「はい！」

あの妹が帝を裏切るはずがないと言外ににおわせる。自分たち兄妹の絆《きずな》はそう断言できるくらい強く結ばれていたともだ。

陽仁と顔を見合わせて何度かうなずいた帝が、やがて薄い微笑みを湛《たた》えた。

「いくぶん心が軽くなった。余をもひきつけるとは、さすがは名うての色好みなだけある」

「お褒めに与り、光栄です」

「褒めておらぬわ」

澄まし顔で答えたら、苦笑いで『大半は誇りだ』と返ってくる。

今回はそうとわかっていて返答した陽仁も、悪戯《いたずら》っぽい表情だ。すかさず、さらにつづけられた。

「いつまでも恋ばかり追いかける不肖の弟がいるゆえ、またぞろ気が重くなってきた」

「人の口にのぼるうちが花かと」

「限りがあろう。そろそろ身を固めぬか」

「承知してはいるのです。ただ、いずれの相手も甲乙つけ難く、ひとりに決めるのは酷で」

「口の減らぬやつだ」

多少なりとも帝の気休めになれてよかったと、軽口を叩き合いながら思う。その傍ら、持ち前の正義感も疼き始めた。

陰陽頭と図書頭に事件追究を任せたというが、身内としても見過ごせない。

隆子を死へ追いやった原因を自分もこの手で確かめたかった。仮に不本意な結末でも、真実を知りたい。

意を決した陽仁がまじめな面持ちで申し出た。

「お願いがあります、主上」

「なんだ」

「私もぜひ、彼らとともに事の真相を調べさせてください」

「そうか。余はかまわぬ。図書頭もよいな」

「いえ。それは…」

「図書頭？」

快く聞き届けた帝が匡深へ確認するも、少しく重い口ぶりだ。心なしか嫌そうな顔つきに見えるのは気のせいだろうかと片眉《かたまゆ》を上げる。

まさかと訝った帝と陽仁の眼前で、彼が隣にいる左大臣へ視線を送った。

よもや、他人とかかわりたくない一心の咄嗟《とっさ》の反応とか、父に『断ってくれ』と目で訴えているなどとは想像しない。

思わず、今度は陽仁が不思議そうに問うた。

「なにか都合が悪いのか？」

「滅相もございませぬが、その…」

「うん？」

「つまり…」

「中務卿の宮様のご助力が賜われるとは、なんとも心強きことと息子は申し上げたいのでございましょう」

言いよどむ匡深にかわり、左大臣が端的に告げた。横で小さく息をついた図書頭は不可解ながらも、なるほどと受け入れる。そして、美貌の隻眼主へあらためて目を向けた。

「よしなに」

「……御意」

やはり、すぐに視線を逸《そ》らされたが気にしない。

静々と退出する日野親子を見送ったあとも、陽仁はしばらく帝と話し込んだ。


翌日、匡深は早々に陽仁の邸がある二条へ牛車で向かっていた。途中、絶え間なく溜め息が漏れる。

期せず、彼が内偵に加わって正直やりにくい。

三鞍は自分が幼い頃から知っているので話は別だ。役職以前に、父の親友という間柄もあってつきあい自体が古い。

陰陽師としての能力を祖父に買われ、十年ほど前に陰陽頭に推薦されて現在に帰するらしい。それゆえ、元来の務め以外でも、潔深や典深の個人的な依頼を受けてくれる。今日の一件もその一環だ。

本来なら、いつもどおり自邸へ来てもらえば事足りた。しかし、陽仁も探査の一員となるとそうはいかなかった。

親王を出向かせるわけにはいかない。従って、三鞍へも二条のほうに行くよう昨日のうちに頼んでいた。

出端《でばな》から、諸々と見込み違いで先が思いやられる。

「父上のせいだ」

恨めしげに低く呟いた。あの場できっぱり断ってくれたらよかったのにと臍《ほぞ》を噛《か》む。

無論、潔深の魂胆は見抜いている。武闘派の陽仁が有事の際には護衛がわりになると、匡深の安全を優先させたのだろう。

畏れ多くも、皇族を利用する心づもりで彼の協力を歓迎した策士ぶりときた。『よくやった』とうなずいた典深にも頭が痛い。

あきらめるしか手立てはないと嘆息して間もなく、牛車が止まった。舎人《とねり》に声をかけられて降りる。

初めて訪れた宮邸の二条院は、築地《ついじ》が張り巡らされて外観だけを取っても立派だった。左大臣邸もかなりのものだが、独り身で住むにはこちらも非常に広く贅沢《ぜいたく》な造りで豪華だ。

庭の手入れも抜かりなく行き届いている。

「日野様、お待ちいたしておりました。どうぞこちらへ」

「ああ」

出迎えた弓削行喬と名乗った男に、渡殿を通って母屋へと案内される。

行喬は陽仁と同じくらい上背があり、体格もよかった。淑望のように身の回りの世話をする側近にしては身のこなしに無駄や隙《すき》がない。どことなく只者《ただもの》には見えなかったけれど、身上は訊かずにおいた。

連れていかれた室内へ入ると、すでに来ていた三鞍が会釈を寄越す。約束の刻限に遅れてはいないものの、心もち気まずい。

昔馴染《なじ》みに目礼を返し、匡深も末席に座って陽仁へ一礼した。

「只今、参上つかまつりました」

「うむ。即刻始めよう」

「仰せのとおりに」

「して、なにをどうするのだ?」

「はい」

顔を覗《のぞ》き込む形でまっすぐに見つめてこられるのも、居心地が悪い。普段、基本的に人と目を合わせて話さないためだ。

さりげなく視線を伏せ、陽仁の直衣の胸元あたりを見て応じる。

「まずは、だいそれた謀略を企んでいそうな人物を三鞍殿に占っていただきます。ほどほどに狙《ねら》いをつけたほうがよいかと」

「やみくもに調べたところで、無為に時を費やすだけだしな」

「御意」

まじめな声音で同意した彼が、三鞍に頼むと言い重ねた。平伏ののち、歴代随一と名高い陰陽頭が速やかに占い始める。

ところが、大抵ならわずかな間で答えを導き出す三鞍の様相がいつもと異なった。繰り返し専念するも、そのたび怪訝《けげん》そうな顔つきになり、やがて妙だなと唸《うな》る。約一刻が過ぎても、事態は変わらない。

不審に思った匡深が状況を訊ねる前に、陽仁が沈黙を破った。

「どうした?」

「はっ。それが……なんと申せばよいのか…」

「わからぬのか」

「そうではございませぬ。ただ、幾度占おうとも要所に迫る寸前、まるで煙《けむ》に巻かれるように躱《かわ》されてはっきりしないのです」

「陰陽頭？」

「三鞍殿？」

珍しく焦慮ぎみの三鞍に、容易ならざる事態と思い知る。

その証拠に三鞍いわく、この手ごたえだと相手方も相当な術者を配している気配が濃厚とか。だから、本質を探り当てようにも強力な守護により術を撥《は》ね返される上、痕跡《こんせき》も微細すぎて辿《たど》れないのではという。

ならばと違う経路で追っていくも、今度は怪しい人間が予想外に多くて悩ましくなったらしかった。

「宮中は雅《みやび》に見えて、さながら伏魔殿《ふくまでん》ゆえな」

「…答えは控えさせていただきます」

諸手を挙げて賛成したかったが、明確な回答は避ける。

陽仁はさておき、日野一族である匡深だとおこがましくなりそうだ。

そんな中、時間をかけてそれらをふるいにかけ、最も疑わしいと思《おぼ》しき人物が二択までどうにか絞り込まれた。

「居篠《いざさ》氏と久我《くが》氏か」

「断定できませず、まことに申し訳ございませぬ」

「いや。充分だ。難儀をかけた」

「恐縮です」

三鞍をねぎらう陽仁をよそに、匡深が両氏について黙考する。双方とも、日野氏に次ぐいわゆる有力貴族で合点がいった。

居篠氏は日野一門に表立って敵対こそしていないが、敵愾心《てきがい》は相当だ。昔からつかず離れずといった状態で、今の家長たる参議《さんぎ》の居篠基親《もとちか》は友好的な対応は少ない。

父や祖父とすら、必要なことを除いて口をきかないらしかった。されど、若輩と軽んじてか兄たちへは当てこすりが激しく、匡深の眼帯姿を貶《けな》すのも居篠で、よくも悪くもわかりやすい部類だ。

片や、久我氏は帝や陽仁の祖父で日野の血を継ぐ萬仁法皇が、現当主の中納言《ちゅうなごん》・久我篤実《あつざね》の娘を娶《めと》っていて遠いながらも縁戚《えんせき》になる。

ふたりの間には、五歳になる秀仁《ひでひと》という男子が生まれていた。この子の親王宣下《せんげ》の件で父に力添えを頼み、無事に叶ったと聞く。以降、前にもまして日野氏へ好意的な態度を取っているも、本音はどうだかわからない。

日野氏に取ってかわれば、天皇家ごと権力を手中にできる。そのためなら手段は選ばないという者がただでさえ多数いる以上、どちらが黒でもおかしくなかった。

三鞍が特定できない時点で不気味さは満点だ。不測の事態が生じる可能性が跳ね上がったと考える匡深に陽仁が言う。

「常の行いからして、居篠のほうが怪しいな」

「それは、まあ…」

「よし。そちらを先に調べよう」

「な……」

「な?」

「…なるほど、ご尤もでございますと」

なんと単純なとは口が裂けても返せず、諦観《ていかん》まじりに首肯した。

要注意人物候補に挙がった以上、どうせ両氏とも調査せねばならぬのだ。この際、順番はどうでもよかろうと意識を切り替え、各々の役割を決める。

三鞍は、以後は帝をはじめ路仁の護《まも》りを重点的に固めてもらう。

陽仁と自分は居篠氏やその周辺人物へ探りを入れる。そして後日、再び二条院に匡深が足を運んで各自が集めた情報を持ち寄って分析し、必要な場合は三鞍も交えて占うと定めてこの日の会合を終えた。

決定事項を帝に奏上《そうじょう》すべく内裏へ戻った三鞍に準じ、匡深も暇《いとま》を告げる。

「わたくしも失礼いたします」

「では、送っていこう」

「中務卿の宮様…」

ごく自然に、とんでもないことを言い出されて弱った。いくら自分が年上だろうと、立場的には陽仁のほうがはるかに目上だ。

しかも、内密の行動なので他者の目を欺けるよう今日はわざと質素な女車で来ていた。その牛車に彼を乗せるなどもってのほかだった。

軽く頭を下げ、畏まった口調でやんわりと辞退する。

「もったいないお言葉、痛み入りますが、お心遣いだけいただきます」

「遠慮はいらぬ」

「偽りなき本心でございます」

「はっきり申すやつだな」

「お気に障ったとあらば、幾重《いくえ》にもお詫《わ》び申し上げます」

心の奥でひやりとなった匡深にかまわず、陽仁が快濶《かいかつ》に笑った。気分を害してなどいないとばかり、会話が続行される。

「左大臣邸へ帰るのか。それとも、内裏に？」

「…自邸ですが」

「わかった。そちらへ送るとしよう」

「いえ。本当にご親切は無用にて」

「私がそうしたいのだ」

「なれど、中務卿の宮様にお乗りいただけるような車では参っておりませぬ。どうぞ、ご容赦ください」

事情を話すも、かえって興に入ったらしい。女車に男ふたりで乗るのもおもしろいと期待に満ちた声音で返される。

復路は行喬に引いてこさせた馬で帰るから、なにも問題はないともつけ足された。

「気にせぬ」

「……左様でございますか」

あまり強行に拒みとおすのも無礼なようで躊躇われた。内心困惑していると、微《かす》かな衣擦《きぬず》れの音につづいて白檀《びゃくだん》のきいた菊花《きっか》の薫物《たきもの》が鼻先で強く香る。

ふと上げた視線の先、いつの間にか思わぬ間近に陽仁がいて驚いた。

簡単に触れられる近さで目線が絡む。即座に匡深が距離を置こうとした瞬間、彼が感嘆めいた声を出す。

「やはり、共布《ともぬの》か」

「え？」

「そろいになっておるのだな」

意味が摑めなくて眉をひそめた。わけがわからず瞬《またた》きをする匡深に、陽仁が満面の笑みを浮かべる。

「眼帯と衣《ころも》だ」

「ああ…」

「先日会った際のものとは、色もだが形もやや違う。とても凝っていて、そなたによく似合っている。腕のいい針子《はりこ》がいるとみえる」

「かたじけなく存じます」

そういうことかとようやく意を得た。これまで誰にも指摘されなかったので、そこはかとなくうれしい。

衣は専属の者が縫ってくれるが、眼帯に限っては淑望の手製だけに余計だ。手持ちの束帯や直衣に合わせて何種類もある。形状や意匠《いしょう》にとどまらず、頭部の後ろで結ぶ紐《ひも》の部分まで精緻《せいち》に細工《さいく》されていた。

右目が不自由な匡深の気が少しでも晴れればと、淑望が丹精《たんせい》を込めてつくってくれているものだ。普通、男は針仕事などしないにもかかわらず、これだけはと人任せにせず縫ってくれる彼の心が沁《し》みる。

「こちらは乳兄弟の手づくりです」

「そうか。ついでに、そのつくり手の顔も見てこよう」

「…中務卿の宮様」

「さあ、参ろうか」

「……御意」

ついには押し切られ、送り届けられるはめになった。

恐縮しきりの道中の語らいにて、供についてきている行嗇が武家出身と知る。槍《やり》の名手で、陽仁の武術教師と聞いて己が持った印象に納得がいった。

直《じき》に自邸へ着き、腰を上げようとした匡深が制される。

先に牛車を降りた彼が榻《しじ》のところで振り返り、片手を差し出してきた。

「手を」

「え？」

「普段乗り慣れた車ではないのなら、乗降も難儀であろう」

「…些細な差異にございますゆえ」

「念には念を入れて、私の手に摑まるとよい」

「……畏れ入ります」

見えぬ右目を気遣われているとわかり、当惑するも拒めない。恐る恐るその手を取った。

こんなに鯱《しゃちほこ》張《ば》っての下車は前代未聞だ。いっそ、距離感を把握しそこねて潔く転んだほうが心臓への負担は少なかったろう。

陽仁と初対面の淑望も緊張しどおしだったが、仕方あるまい。

翌日以降、匡深は居篠氏の交友関係を調べ始めた。とはいえ、日頃、周りの人間と最低限の交流しかない分、骨が折れる。だいたい、人づきあいが滅法苦手な自分に密偵の役目は恐ろしく不向きだ。

人々と交わって話を聞く以前に、暗躍するには風貌《ふうぼう》的にたぶん浮く。加えて、皆に敬遠されてもいた。

資料がそろっている物事や書物についての考察は得意なれど、情報収集は分野が違う。

陽仁はともかく、適材適所の真逆をいく人選だ。

今さらながら、この案を思いついた祖父と父がなんとも忌々しかった。

さりとて、帝の命令は絶対である。どれほど無理があろうと、どうにか遂行させるのが臣下と観念して地道に励む。

匡深なりに、宮中で交わされるどんな些細な話にも注意深く耳を傾けた。図書寮に在籍する居篠氏の親戚筋の動向へはことさらに神経を尖《とが》らせた。

隠密の任務とあり、当事者及びほかの貴族に勘繰られるのは厳禁だ。そのため、いつもと変わらず出仕しつつの諜報《ちょうほう》活動で忙しい。

この日は、務めをすませて牛車のある宜秋門《ぎしゅうもん》へ向かう道すがら、居篠基親本人を見かけた。

いささか周辺を憚《はばか》る挙動を察知し、咄嗟にそばにあった生垣に身をひそめる。しばし間を置いてから窺《うかが》うと、基親の背中が朝堂院《ちょうどういん》の角《かど》を曲がるところだった。

周囲に気配りしてなにげないふうを装い、素早く追いかける。しかし、見失うまいと急ぐあまり躓《つまず》いてしまった。

「……っ」

漏れそうになった声を意地で呑み込む。地面に顔面から倒れるのもやむなしと身構えた。

幼き頃より、身体《からだ》を動かすのはかなり不得手だ。舞はどうにかできるものの、蹴鞠《けまり》は自信に欠ける。だいいち、こうやって走ることが平素の生活では稀ゆえに、無謀な行動といえなくもなかった。

ただ、曲がり角の先にはまだ基親がいる。姿を見られては元も子もないけれど、前方へ傾《かし》ぐ身体を止められない。

思い切って声をかけて取りつくろおうと腹をくくる直前、匡深の腕が摑まれた。そのまま力強く引き戻され、覚えのある香りに包まれる。

「!」

「なんとか間に合ったか」

「あ……」

低い囁きに面を上げれば、案の定、陽仁がいた。

最悪の事態は免れたと安堵《あんど》したのも束《つか》の間《ま》、基親に誰何《すいか》されてしまう。やはり、気配を悟られたらしかった。

取って返してくる足音に焦る匡深へ、彼が心配するなと双眸《そうぼう》を細める。

「ここは私に任せて、そなたは静かに」

「中務卿の宮様?」

「よいな」

「……」

指示に無言でうなずいた途端、いちだんと深く抱き込まれた。

広い胸元へ顔を埋《うず》めた格好の上、直衣の袖《そで》で頭部を覆われて個人の判別はまったくつかないはずだ。その直後、警戒心もあらわな基親の声がそばに迫った。

「誰ぞ、おるのか! ……と、これは中務卿の宮様」

「おお。居篠殿か」

「はっ」

陽仁を認めた基親が一礼した素振りが感じられた。次いで始まった挨拶に、彼がおっとりと応対してほどなく基親が訊ねる。

「失礼ながら、このようなところでいかがなさいました?」

「ああ」

己のことは棚に上げて、どこか懐疑的な声色に身が強張《こわば》った。それに気づいたのか、陽仁が匡深の背を宥める仕種で撫でる。

家族とさえこういう接触は稀なので、なんだか戸惑った。

急を要する事態にせよ、親王に対して非礼ではと遅まきながら蒼《あお》ざめる。かといって、身じろいだら素性がばれかねない。

日野氏に反感を持つ基親が自分に勘づけば、多少なりとも態度を硬化させるだろう。結果、陽仁へ迷惑をかけることは避けたい。

固唾《かたず》を呑んで状況を見守る中、どこか艶《なまめ》かしい語調で彼が返す。

「見てのとおり、逢引《あいびき》だ。ここが人目につかなさそうだったのでな」

「…そちらの方は男子とお見受けしますが？」

「私にとっては、美しさに男も女もない」

「こう申し上げてはなんですが、巷《ちまた》で囁かれている中務卿の宮様の色めいたお話に相違なしでございますな」

「身に覚えがあるゆえ、言い訳ができぬな」

「おやおや」

あっけらかんとした言い草も、なぜか憎めなかった。なにより、そういう方向へ話題を持っていった機転に感心する。

京の都で最も恋多き男として有名な陽仁だ。恋人の数は両手の指でも足りないのではと取沙汰《とりざた》されている。そんな彼なら、時と場所を選ばずに色事に及ぼうとしたところで誰もが違和感を覚えまい。

度が過ぎた、もとい、華麗なる恋愛遍歴が今ばかりは天晴《あっぱれ》に思えた。

自らの個性をよく踏まえた対処だ。実際、基親もなんら疑っていないようで、声音が明らかに和らいだ。

「そろそろ北の方をお迎えになられてはいかがです？」

「実は、つい先日も主上から似たような苦言を呈されたばかりだ」

「左様でございましたか」

「恋に現《うつつ》を抜かしすぎだと」

思わずといったふうに失笑した基親に、陽仁も笑い出す。緊迫の場が一転、穏やかな空気になった。

彼が帝とそういう会話をしていたのを匡深も現場にいて聞いている。急場凌ぎにしろ、嘘《うそ》はついていないのも言葉に真実味がこもる所以か。

先方を油断させるとはいかずとも、打ち解けさせる独特な魅力があるようだ。生来の悠然《ゆうぜん》たる気質も影響が大きいのだろう。数多《あまた》の浮名を流しながらも、悪い評判が立たないのはそのせいかもしれない。

「そういうわけで、居篠殿。見逃してくれるか」

った。
すかさず、身を離さねばという思考も働く。直ちに互いの胸の隙間へ手を入れ、そっと押しや
にこやかに基親が去っていって、匡深が詰めていた息を吐いた。
「畏まりました」

どこまでも礼儀正しく、謝罪も忘れない。

「なんのことだ？」

「大変なご無礼をお許しください」

「御身に長々と触れてしまいました」

「別にかまわぬ。そもそも、私がこのままおとなしくしているよう命じたのだ」

「…はい」

「なれど、危ないところであったな」

「わたくしの不覚で、中務卿の宮様のお手を煩わせて申し訳ございませんでした」

「あれしきのこと、取るに足らぬ」

重ねて神妙に礼と詫びを述べたのちも、いまだ腰を抱かれていた。遠慮がちに身をよじり、陽仁を見上げて解放を願う。

「もう庇っていただかなくてもけっこうです」

「今少し、このままでよかろう」

「…なんのためにでございましょう?」

「一連の話の流れと、この様でわからぬか?」

「密談をするにしても、近すぎるかと存じます」

「……………」

正直に答えたら、彼が瞠目《どうもく》した。少し高い位置からひとしきり匡深を凝視し、確認するようにぼそりと呟く。

「正気の返事か」

「気は確かでございますが?」

「なるほど。図書頭はすこぶるつきにきまじめな心根らしい」

笑いを堪えた表情は気になったが、褒め言葉と受け取った。

再び、解き放ってくれるべく促す。

「中務卿の宮様。お手を離していただけますか」

「わかった。だが、極秘任とは申せ、今後は気をつけるようにな」

「ご忠告、肝に銘じます」

「うむ。それで、どういった経緯だったのだ?」

やっと腕をほどかれてほっとしつつ、当然の問いに順を追って応じた。

残念ながら、基親がどこへ行ってなにをするつもりでいたのかはわからずじまいだ。なんの変哲もない用事であったのかもしれないものの、己の失敗がつくづく悔やまれる。

陽仁は帝に召し出されて内裏へ行く途中、匡深を見つけたとか。基親の後ろ姿も捉《とら》えたので、ひとりでは放っておけずに駆けつけたという。

偶然にしろ、彼が来てくれたおかげで難を逃れられたとあらためて感謝した。

一方、帝のもとへ即時に行ってもらわねばと急かす。

「主上には、わたくしのせいで遅れたと申してくださいませ」

「なに。早めに参ったゆえ、大事ない。そなたは帰るのか？」

「はい」

「そうか。今日はさすがに送ってはいけぬが」

「御念には及びませせぬ」

微笑を残して踵《きびす》を返した陽仁を恭しく見送り、深い溜め息をついた。

望外の親切を受けて心苦しくも、思っていた以上に親しみやすい人柄な反面、相手が相手だけに気を張る。

これが自分と同等の四位下とか、それ以下の身分の者ならまだいい。同じ親王でも、侍読として仕える路仁とはせいぜい二刻ほどしかまみえないので気は楽だった。

長い時間を彼と過ごすのは、気を遣いすぎて疲れそうだ。

こうなれば、早く事件を解決するしかないと意気込む匡深とは裏腹に、陽仁は宮中で会うと必ず声をかけてくるようになった。

前は、たまに顔を合わせても会釈を交わす程度でいたのにと途方に暮れる。秘密裏な務め上、ふたりでいる場面を誰かに目撃されても怪しまれない備えとの理由を述べられては正論だけに避けられなかった。

元々、気さくな人柄だけに、匡深と接点ができても訝る者がいなくて助かった。かえって、自分がうまく振る舞えない。

他人とほぼ没交渉で寡黙でもあるため、しきりに話しかけられて惑った。

気の利いた返答はいっさいできていないはずだが、彼が楽しげなのも不思議だ。

「居篠のもとに、奇怪な風体《ふうてい》の者が出入りしている模様です」

「ほう」

本日、二度目の密会で二条院を訪れた匡深が報告する。苦心しながらも手に入れた有力な話だ。例の、基親の親戚筋が同僚との雑談で言っていたのを小耳に挟んだ。

父の配下に確かめさせたところ、宵《よい》ごとに居篠邸へ通う者がいた。

「もしや、そやつは私も入手した情報にある元修験者《しゅげんじゃ》と同一人物かもしれぬな。ほかに、これといった手合はいなかったし」

「え」

「やはり、この男が怪しいか」

陽仁と一緒の人間に見当をつけた事実以上に、その正体に仰天する。

初会合から十日で、平常出仕の傍ら、相当な人数を調べ上げていそうな彼の口ぶりにもだ。存外人脈があり、使える人材もいて機動力も優れているらしい。それとも、自分がもたついているのかと胸中で自問自答中の匡深に声がひそめられた。

「陰陽師とは異なるが、呪力を持つ点は修験者もまた同じ」

「たしかに、三鞍殿が手を焼いても無理からぬ相手かと」

「さて、ただの客人か。はたまた」

「中務卿の宮様」

含みを持たせて言葉を切った陽仁を、つと見遣った。

後者の線が極めて強いと言い募る直前、目前の端整な口元がほころぶ。なにか追加することでもあるのかと口を噤《つぐ》むと、意外な指摘を受けた。

「さりとて、そなたの眼差しにも多分に呪力があるな」

「……どのような意味でしょう？」

一瞬、ぎくりとなる。眼帯で覆った右目を示されたのかと思うも、すぐにありえないと考え直す。自分の異能は呪い的なものとは一線を画すし、一族直系の者しか知りえぬことだ。

果たして、どこか悪戯っぽい面持ちで彼がつづけた。

「見つめられると、なにやら心が浮き立つ」

「…左様でございますか。以後は、なるべく見ないように努めます」

「それはそれで、見つめてほしくて胸が波立つのだ」

「早急に、お心を鎮めていただけますと幸いです」

「つれなさもまた一興」

いつもの戯言《ざれごと》に、密《ひそ》かに胸を撫で下ろした。頻繁な交流が始まって以来、一回の会話でこの手のやりとりが一度はある。

どうやら、恋の達人は平素より口説《くど》く鍛錬《たんれん》を怠らないようだ。

近頃は匡深と過ごす場面が多いため、従来の恋人や新しい相手を探すのに割く時間が減った反動か。たぶん、自分は格好の練習台なのだろう。

恋愛事に関心が低く、自身とは無縁と割り切っている匡深は、恋をするのも大変だなと対岸の火事の心境で顔色ひとつ変えない。その態度が第三者には、余裕とか経験豊富と取られがちと想像はしなかった。

ただ、処置に苦しむときもたまにある。気まぐれに至極間近へ迫られたり、触れられたりといった行動は困った。

人より視界が狭いので、右側から来られると殊に気づくのが遅れる。

武道を嗜むだけに気配を消せるらしく、しばしば驚かされた。そう思いを巡らす間にも、たちまち詰め寄られている。

後ずさる間際、伸びてきた手が顎《あご》に添えられて動きが封じられた。

「……中務卿の宮様」

「まこと、いつ見ても麗しい顔だ」

「とんでもないことでございます」

「己を知らぬやつよの。仁王《におう》もかくやという面差しの、あの左大臣と親子とは信じられぬ。太政大臣との血の繋がりもな」

「母方に似たに過ぎませぬ」

「美しい母御《ははご》なのだな」

「人並みかと」

謙遜《けんそん》する匡深を後目に、なおも吐息がかかる距離へ顔を寄せてこられる。どうしたものかと伏し目になったところで、陽仁がおおどかに言った。

「よく見ると、そなたの瞳《ひとみ》はほかの者と違って色が薄いな」

「はい」

「右目もか？」

「…そうです」

「ほう」

その後も興味深げにしげしげと見つめられ、いたたまれなくなる。

辛抱ならず、腹を据えて視線を合わせて現状を諫めた。

「僭越《せんえつ》ながら申し上げますが、お戯れはこのあたりでご勘弁いただけますか」

「今少しつきあってもらおうか」

「もう、お気もすまれたはずです」

「あいにく、そなたに訊きたいことがまだまだある」

「今は、居篠の話をするときでございましょう」

「ああ」

「ならば」

「あとでいくらでも話す。多少横道へ逸れるのはかまうまい」

大いにかまうと説教できない立場がもどかしい。可能なら、必要最小限の応酬で速やかに退出したい匡深にとっての本音だ。

一応なにくれと説得したが、埒《らち》が明かなかった。しまいには、意表を突いた台詞をたたみかけられる。

「私は以前よりそなたに関心があったゆえ、一度じっくり話したいと思っていたのだ」

「わたくしに？」

「いかにも。いろいろと高名な隻眼の秀才殿」

「悪名高いの間違いではございませぬか」

「風聞はあてにならぬのでな。常に自分で確かめることにしている」

「……っ」

会心の笑みでそう告げられて、言葉に詰まった。

大抵の人間は匡深の家柄に気後れし、風評も鵜呑《うの》みで疎んじる。珍しく近づいてくる者も、自分のほうから遠ざけてきた。

それなのに、陽仁にはそのどちらもが通用しないらしくてほとほと困り果てる。

こういう相手は初めてで、あしらい方がわからなかった。

「そのようなわけで、まずは出仕が休みの日はどうやって過ごしておる？　ちなみに、私は武術と乗馬の稽古《けいこ》に励んだり、竜笛を奏でることが多いな」

「…竜笛の腕前のほどは存じ上げております」

「折があれば、聴かせよう。して、そなたは？」

「……………」

聞くまでは譲らないという断固たる姿勢だ。当たりはやわらかい陽仁だが、朗らかな強引さで自らの意思を貫くと徐々にわかってきていた。

不本意ながら、あきらめて降参する。せめてもと顎にかかった手を退《ど》けてくれるよう頼むと、すんなり聞き届けられた。

密やかに肩で息をつき、律儀に答《いら》える。

「読書にございます」

「務め以外でも書物を読み耽《ふけ》るとは、図書頭らしいな。楽器は嗜んでおらぬのか」

「琵琶《びわ》を少々」

「そうか。近いうちにぜひ合奏しよう」

「仰せのとおりに」

ほかにも、日常の暮らしぶりや好きなもの等について次々と質問された。

言うまでもなく、行動範囲も交際範囲も極端に狭い匡深なので、取り立てて気を引くような返答は皆無だ。

なにより、これほど呑気《のんき》にかまえている場合ではあるまい。そう思い、逸れた話題をもとへ戻すべく再三試みたが、悉《ことごと》く徒労に終わった。

「ああ、趣味も訊いておこうか。読書以外のな」

「…御意」

芽生え始めたいささか投げやりな心情を懸命に抑える。

陽仁は薫物だと言い、種々の香りを自らつくって楽しむらしい。

率直なところ、趣味らしきものはなかった。強いて挙げれば読書ながら、それを除くとなると日々の日課しか思いつかない匡深が告げる。

「毎日、日記を欠かさずつけることでしょうか」

「日記？」

「のちのち読み返すと役立つこともあります」

「なにやら、聞けば聞くほどまじめの塊というか、案外と暗いのだな」

「……っ」

にっこりと一刀両断されて、危うく眉をひそめかけた。

根暗で悪いかと反論したい気持ちはあれど、礼を失すると己を戒める。ひっそりと深呼吸もしてみた。

そんな匡深にまったく頓着《とんちゃく》せず、悪びれたふうもなく自身の意見をさらに口にされる。

「日記を認《したた》めるより、愛《いと》しい人に贈る歌や書を書くほうがよくないか？」

「わたくしにはどれも嗜みにて」

「そういえば、そなたは宴にもあまり顔を出さぬな」

「食指が動きませぬゆえ」

「どこで縁があるやもしれぬのに、もったいない。まあ、もう将来を誓い合った仲の相手がいるなら話は別だが」

「宴同様に、色事へもたいして興味はそそられませぬ」

「本気か？」

「はい」

「…ふむ」

もとから他人への関心は薄いし、書物さえあればよかった。さすがに、誰とも親密な関係を結んだことがないとは言及せずにおく。それは『時渡り』の能力に絡む話とあり、軽々しくは口にできなかった。

不意に黙り込まれて訝りつつも、いい加減に居篠の話を始めようと提案する寸前、心底不思議そうな口調で問われた。

「そなた、なにが楽しくて生きておるのだ?」

「な……」

「私より年長にしろ、老け込むにもほどがあろうに」

「……っ」

うっかり、『放っておいてくださいませ!』とのどもとまで出かかった罵声《ばせい》を嚙み殺す。

無遠慮すぎる発言に、さすがに頰が引き攣《つ》るのは止められなかった。勝手に据わりたがる目も必死に平常を保とうと力を込める。

結果的に眼力が鋭くなり、睨むような目つきになっているのは大目に見てもらいたい。

しかし、無邪気な光を宿す陽仁の双眸に眩暈を覚えた。おそらく、彼に悪意はない。いつぞやと同じく、純粋な疑問を口にしたに過ぎないのだろう。

天真爛漫《らんまん》もときに無神経と紙一重と、ゆるくかぶりを振る。ただし、匡深の事情を知らないの数派なのだ。だから無理もなかった。

多くの貴族が陽仁に近い主観を持っているのもわかる。あくまで、複雑な生い立ちの自分が少

溜め息を堪えて、当たり障りない返事をする。

「お言葉ではございますが、わたくしは今の暮らしに満足しております」

「枯れ切っておるのにか」

「…枯れているつもりはありませぬので」

「なるほど。傾倒はせずとも、恋もそれなりに楽しんでいると」

「ご想像にお任せいたします」

「そうなのか…」

承服しかねると言いたげな面持ちを浮かべられて、苦笑を漏らす。詳しくは語るつもりもないので、うやむやにごまかした。

実に素直な気質だと思いながら、蒸し返されないうちにと話を居篠の件へ戻す。

今度は彼も逆らわず、明日にも帝の耳へ入れて沙汰を仰ぐという。

「事が進み次第、そなたにも知らせよう」

「承知いたしました」

「うむ」

そして、この翌々日、匡深は侍読の務めで麗景殿《れいけいでん》に来ていた。路仁ともども妹の築子に出迎えられる。

いつ訪れても、ここは華やかだ。皇子を生んでますます帝の寵愛が眩《まぶ》しく、近々確実に中宮《ちゅうぐう》にのぼる女御《にょうご》がいる殿舎《でんしゃ》に相応《ふさわ》しかった。

元気な子供の声が響き渡り、可愛らしい姿に女房たちの笑い声も絶えない。

御簾越しに座す築子へ甘える幼い親王に、謹んで声をかける。

「宮様、ご機嫌麗しくいらっしゃいますでしょうか」

「よいぞ。たらみ」

「匡深にございます」

「たらみ」

「『ら』ではなく、『だ』です」

発音が覚束《おぼつか》ない幼児へもきっちり訂正を求めると、築子が楚々《そそ》と笑った。抱き寄せた我が子の髪を撫でつつ、匡深に視線を向ける。

「懲りずに毎回そこから始まるのですね、兄上」

「今は、このくらいしか教えて差し上げることがございませぬゆえ」

「宮の相手をしてくださるだけで充分ですのに」

「そうも参りませぬ」

侍読を拝命した手前、単なる遊び相手では帝に面目ない。多少なりとも、親王の知識に繋がるよう役目を果たしたかった。

まじめな返しに笑みを深めた築子とは、同腹ゆえに仲がいい。とはいえ、帝や陽仁ほどに妹への思い入れが深いとは言い難かった。

自分が薄情なだけかもしれぬと案じていたら、母親のそばを離れた路仁が御簾の端から出てきて笑顔を浮かべた。

肩付近までの長さの髪を揺らし、こちらへ突進してくる。

子供と侮るなかれ、用心しないと痛い目に遭う。自分はまだしも、親王の身の安全を図る上でも気は抜けなかった。

読みどおり、全力でぶつかってきた小さな身体を抱き留める。

若干人見知りの気《け》があるらしいが、匡深には初対面で懐いてくれた。血のなせる業かと思いきや、祖父や父へは尻込《しりご》みするとか。子供なので、きっと穏和そうな見た目の者に気を許しやすいのだろう。

どことなく帝に似た顔立ちを見つめ、目笑した。

「危のうございます。いつも申し上げておりますが、ゆっくりいらしてくださいませ」

「宮は、たらみとお外に参る」

今一度、呼び方を正すも、意向には従う。

立った状態で、座った匡深と同じ目線の路仁に軽くうなずいた。

「御意。それでは、本日は外にあるものの名をお勉強いたしましょうか」

「する。はやく……あ！」

「宮様？」

路仁が突然、声をあげた。間隔を空けず、腕を抜け出して勢いよく渡殿へ走り出されて呆気《あっけ》に取られる。同時に、女房らがいっせいにそちらを向いてひれ伏すのを目の当たりにし、何事かと内心で首をかしげた。

「ご機嫌がよさそうでなによりにございます。宮様」

「はりゅひと」

「今日も元気いっぱいですね」

「うん！」

振り返った先に、深縹《こきはなだ》の直衣も凛々しげな陽仁がいた。その足元にまとわりついた路仁が抱っこをせがんでいる。

もしかしなくても、『はりゅひと』とは陽仁のことかと匡深は天を仰ぎたくなった。

大方、帝の呼び方に倣ったものと察せられる。その幼子を軽々と抱き上げて片腕に乗せた彼が、御簾の中にいる簗子へ一揖《いちゆう》して挨拶した。

「女御様。毎度のことですが、先触れもなく参って申し訳ございませぬ」

「いいえ。お気になさらずともよいのです。紫野宮様がおいでになられますと、宮がよろこびますもの」

「私も、こうして宮様とお会いするのが楽しみにございます」

「さ。中へいらせられませ」

「畏れ入ります」

路仁を抱いたまま、陽仁が室内に足を踏み入れた。間髪を容《い》れず、築子をはじめに女房ひとりひとりを褒めちぎるのはさすがだ。

ほどなく痺《しび》れを切らした路仁に乞《こ》われて、当人では届かない高い場所にあるものを触らせる様子をしばし見遣る。成長し、そこそこの重さになっている男児を、匡深でも長時間は抱いていられない。

あまつさえ、突飛な言動が常の子供と対等につきあえる精神力にも舌を巻いた。

築子によれば、政務で多忙な帝を慮《おもんぱか》った彼が甥のもとを折に触れて訪れるという。

やんちゃ盛りの路仁は、よく遊んでくれるこの叔父《おじ》が大のお気に入りだとか。たしかに、自分への態度を凌ぐ懐き具合だ。

しかも、遊び相手がふたりもできたせいか、気分も高揚ぎみとみえる。

陽仁の腕を下りたのちも、やたらとはしゃぎ始めた。無意味にその場でくるくる回ったり、飛び跳ねたかと思えば、いきなり匡深の背に覆いかぶさってきたりと忙《せわ》しない。

いささか心配になった匡深が、落ち着かせようと慰める。

「どうか、お鎮まりに……宮様!?」

「これ。たらみの」

「宮様、なりませぬ。お返しくださいませ」

「や！」

恒例の悪戯で、路仁にまたも眼帯を取られてしまった。背後にいた際、後頭部で結んでいる紐を引っ張ってほどいたようだ。

侍読の務めで来ると、三度に一度は外されていた。そのつど女房と協力し合い、宥め賺《すか》してどうにか取り返すも、眼帯が珍しいのかやめてくれない。

「見て。はりゅひと」

まっすぐ陽仁の前へ行き、匡深を真似《まね》て自らの目元に当ててみせる。なんとも愛らしい仕種なのだが、今回も注意せねばと躄《いざ》り寄った。

もう少しで届く手前で躱され、広い背中へと逃げ込まれて溜め息をつく。

彼の肩越しに、ついでとばかりに次期東宮へ進言した。

「眼帯もお返しいただきたく存じますが、宮様。こちらにいらっしゃる叔父上を左様にお呼びになるのも違っております。正しくは、陽仁様にございます。もしくは紫野宮様か、中務卿の宮様です」

「むらさ……なか、つか…？」

「教えようという気質はよいがな。いくらなんでも、宮様にはまだご無理であろう、図書頭。いや。たらみ」

「……その言い方はいかがなものかと」

匡深を諭しつつ、路仁の口真似でふざけた陽仁に苦々しくなる。

簗子や女房も笑いさざめく中、慎ましい抗議も微笑で受け流された。さらに、黙っていろというふうな目配せをされては沈黙を守るしかない。

了解と渋々首肯すると、彼が後ろにいる路仁を振り返って言った。

「宮様、たらみはその眼帯がないと困るそうですよ」

「なれど、宮も…」

「存じております。宮様も、たらみのようにお目のところに眼帯をおつけしてみたいのでございますよね」

「そう」

「ならば、お母上にお願い申し上げてつけていただいたあとに、お返しになるというのはいかがでございますか？」

「それなら、よい」

「では、お約束です」

「うん！」

ひどくうれしげにうなずいた路仁が、眼帯を手に簗子のもとへ走っていく。

定期的に会いにきているだけはある手慣れた扱いぶりだ。頭ごなしに取り上げるのではなく、逆に言い分を聞いて堪能《たんのう》させるといった方法に脱帽する。

和気藹々《あいあい》と集まる一団を眺める匡深に、穏やかな声が述べた。

「心配せずとも、飽きられるか、ほかにお気を移せば、おのずとお返しになるはずだ。たらみ」

「…中務卿の宮様」

舌足らずでもないのにその呼び方はやめてくれるよう要請すべく、陽仁に向き直る。揶揄《やゆ》全開の表情なのが曲者《くせもの》だった。

「以後は私もそう呼ぼう」

「ご存じかとお察しいたしますが、匡深にございます」

「だから、匡深とな」

「え……」

「別に、差し支えなかろう」

「ええ。まあ…」

予期せぬ切り返しに反応が遅れる。路仁は例外ながら、家族と邸に仕える者以外には役職の図書頭か名字でしか呼ばれたことがないので妙な感覚だ。

否とも言えずに胸中で唸っていると、ふとしかつめ顔になった彼が呟く。

「眼帯なしの顔は初めて見るな」

「…お目汚しにて申し訳ございませぬ」

その指摘に、匡深が急ぎ礼を取る。なるべく視野に入らぬよう身をずらそうとした矢先、またもや顔を覗き込まれた。

大きな手がおもむろに伸びてきて、右目の前で幾度か振られる。やがて、右の目元に優しく触れられて迷った。

「あの？」

「こちらの目はうっすらとも見えぬのか。光すら感じぬと？」

「はい」

「そうか。せっかくの美しい瞳なのに、なにも映さぬとは哀れ」

「慣れておりますので」

「しかしながら、匡深の素顔は目映《まばゆ》いほどににおやかだな」

「中務卿の宮様」

「こうも臈《ろう》たけた美貌を見られたのだ。宮様の悪戯に感謝せねば」

「…左様にございますか」

あえて誰も立ち入ってこない右目について言い及ぼすのは、いかにも陽仁らしかった。反面、それ以外の台詞に関しては相変わらずで、計らいに困る。

本人の弁どおり、なにかと噂にのぼる匡深がよほど目新しいようだ。

いわば、眼帯を珍奇がる路仁と同じである。自分に限らず、誰に対しても気安く応じる姿もたびたび見るので、これが彼の常なのだろう。その天衣無縫さで万人に好まれている奇特な人でもあった。

ただ、あまりに素直すぎて匡深は持て余しぎみだ。

過ごす時間が増えるにつれ、陽仁の存在へは少しずつ慣れている。けれども、馴染むにはまだ至っていなかった。

そもそも、皇族が相手だ。系譜《けいふ》は一応従兄弟同士といえど、迂闊《うかつ》に馴れ馴れしい態度など取れまい。ゆえに、時折実行される目に余る言動へも、手控えながらも冷静な見解しか述べずにいた。よもや、この諫言《かんげん》めいたはっきりしたもの言いをいちいち楽しまれているとの自覚はない。人慣れしておらず、彼の戯れを真に受けて実直に応答するところもだ。

「はりゅひと。たらみ！」

思考に耽っていると、眼帯をつけた路仁がやってきた。

寸法は合っていないが、得意げな様子が微笑ましい。匡深の顔から手を離した彼が似合うと褒めそやし、ほどなく遊び疲れて眠るまでそれは手放されなかった。

ややあって、陽仁に次いで簗子に辞去の意向を伝える。部屋を並んで出た直後、再び身を寄せてこられて軽く睨んだ。

「場所を弁えてくださいませ」

「弁えたら、そなたに触れてもよいのか？」

「中務卿の宮様」

「戯言だ。では、あちらに」

「ですから」

「居篠の件で動きがあったのでな。話しておきたい」

「……御意」

耳元で囁かれて、殊勝な顔つきで承諾した。

今日は路仁と遊ぶのが目的ではなく、このことで匡深を捜していたという。図書寮へ出向いたら侍読の任に赴いていると聞き、麗景殿まで訪れたそうだ。

二度手間になったと知って、いちだんと畏まった。

「ご足労を煩わせてしまい、申し訳ございませぬ」

「かまわぬ。参ろうか」

「はい」

幾許もなく、ここから一番近い嘉陽門《かようもん》付近の大木の陰に導かれる。

そこへ行く間、彼は匡深の右側をずっと歩いていた。浅沓《あさぐつ》を履く折も、簀子《すのこ》と段差があるからと手を貸してくれた。

かつて牛車を降りたときと変わらず、右目が不自由な自分を当たり前のようにいたわられて困惑は深まる。特定の親《ちか》しい者以外にこういう心配りをされ慣れていないので、対処にも苦慮した。

「実は、すでに事はすんでおる」

「え？」

予想外の内容に目を瞠《みは》る。中一日での早業に、なにがどうなったのか見当もつかない。父にも詳細は聞いていないと考えたが、昨夜は宿直《とのい》で戻らなかったと思い出す。今朝《けさ》も顔を合わせないままの出仕だ。

「近々、居篠基親は蟄居《ちっきょ》を申し渡される。いずれ、参議の任も解かれるであろう」

「…此度の一件は、居篠の仕業だったのでございますか」

「いや」

「違うのですか？」

「厳密にはな」

「？」

妙な言い回しで否定され、ならばなぜ罰せられるのかと訝った。もとより、国家転覆をも狙った罪の処罰にしては軽い。

「居篠による宮様の呪詛は発覚した」

「！」

「なれど、陰陽頭の言う主上の御世を揺るがしかねぬ企みと斎王の死とは無関係だ」

「……」

事態の急変へ沈着に向き合いながら、面目躍如で推理する。

路仁のみが標的とはつまり、次代の帝から日野の血族を絶つのが目的だろう。

すぐになされた陽仁の説明は、匡深の洞察どおりだった。

いわく、今朝未明、件の偵察をもとに左大臣が指揮を執り、帝の近臣が極秘に居篠邸へ踏み込んだ。陽仁も行くつもりでいたが、帝に止められたらしかった。

邸内を調べて回る中、奥に例の修験者がいて、祭壇に掲げた路仁を呪う言葉が書かれた札に祈っていた。その場で基親もろとも修験者は取り押さえられ、もはや言い逃れはできぬと観念した基親も、おとなしく尋問に答えているとか。

自白によると、やはり日野氏の権勢ぶりが煙たかったそうだ。

来年、またも日野に連なる路仁が東宮になる。ゆくゆくは帝位に就くはずで、もう何代もつづけて帝の外戚たる立場を得ている日野氏の権力がこれ以上増すのを懸念した。それを阻止すべく、今回の犯行に及んだという経緯だ。

帝や斎王についてはなんの害意もなく、謀叛《むほん》の形跡もなかったらしい。

路仁は三鞍と精鋭の陰陽師によって、何重にも守護されていたので難を逃れた。ただし、基親に雇われた修験者もかなりの呪力を持っていた。異種の術ともあり、当初の三鞍の絞り込みはかいくぐったと推測できる。

「左様でしたか」

「処分を表沙汰にしようにも、久我の動きが気になってできぬ」

「ええ」

「ゆえに、当分は表向き病気療養だ。真実は先に申したとおりだがな」

「賢明なご判断かと存じます」

「向こうの術者には、お見通しかもしれぬが」

「たとえそうだといたしましても、怯《ひる》んではいられませぬ」

「意外と気が強いな」

「…主上のご命令にて」

失敗は一族の面子《めんつ》にかかわるとは胸裏で呟く。斎王の無念を晴らすために、もうひと踏ん張りしようと陽仁を鼓舞した。

「うむ。隆子もだが、主上もご安心させて差し上げねば」

「御意」

「匡深にも、もとの暮らしに早く戻ってもらわねばな」

「中務卿の宮様…」

「本来の務めがあるのに、斯様な次第に巻き込んですまぬ。まじめなそなたゆえ、事が片づくまでは落ち着かぬであろうが、今しばらく堪えてくれ。私も身命を賭《と》して勤《いそ》しむ」

「わたくしも、いっそう励みます」

純真な思いやりを向けられて戸惑いながらも、優しい人だと今さら胸に響いた。

奔放ではあるけれど、根本的にはとても情に濃やかとみえる。匡深へなにかと親切にしてくれるのも、弱者を捨て置けない心根だ。彼より身分が低い貴族のほうが、よほど横柄だったりする。

おのずと他者を慮る素質こそ、陽仁の真骨頂かもしれなかった。誰からも好まれる理由を、なんとなく実感できた。

「して、今後についてなのだがな」

「はい」

早速その場で、残る久我氏への対策をまた一から練る。

翌日から、まずは前回同様に手堅く久我篤実当人と周りの人間を探り始めた。しかし、居篠氏のときと違い、怪しい話はなにも挙がってこない。

三鞍にも占ってもらったが、捗々《はかばか》しい成果はなかった。唯一、自身と同系統の力だとの糸口は摑めた。要するに、久我氏の術者は修験者等ではなく、陰陽師という結論だ。ただし、なにか別の底知れぬ力も感じるといい、本体を暴けずにいた。

それらを念頭に置いて久我氏の遠い分家筋まで手を伸ばすも、手がかりなしだ。半月が経っても進展はなく、日数だけがいたずらに過ぎていった。

そんなある日、出仕が休みの匡深が昼下がりに打開策を模索していると、淑望が慌ただしい足取りで私室にやってきた。

「失礼いたします、匡深様」

「淑望。そのように取り乱して、いかがしたのだ?」

「申し訳ありませぬ。ですが、あの……お客様がおみえになっていて」

「父上にではなく、わたくしにか?」

「左様にございます。その、中務卿の宮様が…」

「!」

それはうろたえても仕方ない。事前に知らせを受けていない自分とて、唐突な訪問になんの備えも心構えもしていなくてぎょっとなる。とはいえ、待たせるわけにもいかず、溜め息をついて腰を上げた。

「母屋にいらっしゃるのだな?」

「いえ。お出かけになるからと仰せられて、築垣のそばにおわします」

「……」

どういうつもりか全然わからないまま、とりあえず私室を出る。

どこかへ行く道程に左大臣邸があったので、顔を見せにでも寄ったのだろうか。そうだとしたら、せめて先触れがほしかったと嘆きたくなる。

早足で門へ向かうと、見慣れた直衣ではない薄色《うすいろ》の狩衣《かりぎぬ》姿の陽仁がこちらに気づいて微笑んだ。

「おお。来たな」

「突然のおとない、いかがなさいました？」

「匡深を誘いにな」

「え？」

「そなたも狩衣で外出にちょうどよい。さて、参ろうか」

「中務卿の宮様!?」

「供の者は連れていけぬゆえ、あしからず」

淑望を見てそう言った彼が否応《いやおう》なしに匡深の手を取った。脇《わき》に控える行啇に一礼されながら、牛車へ乗せられてしまう。

動き出した車に、さすがに嘆息を抑え切れなかった。

「せめて、行き先を教えていただけませぬか」

「寺詣《もう》でにつき合ってもらいたい」

「…ああ」

もしや、祈願《きがん》かと察する。事態が思うように進まぬ現状を憂い、事件の早期解決を神仏に祈るのかもしれない。

そういえば、斎王が非業の最期を遂げてから今日でちょうどひと月目の月忌《がっき》だ。まだ服喪中の身で神頼みとは陽仁の気迫が窺えた。

「願掛けにございますか」

「それはすでにすませてきた。これより参るのは法楽寺《ほうらくじ》だ」

「法楽寺?」

「調べたところ、久我氏ゆかりの寺とわかってな」

「……っ」

「行って損はなかろう?」

「御意」

なにかしら解決策が得られるかもしれぬと、双眸を細められる。

世間的に知られている久我氏の菩提寺《ぼだいじ》とは異なる事実が怪しげだ。なんでも、こぢんまりとした寺で京の中心からもいくぶん離れた場所にあるという。

ようやく摑んだ糸口もさることながら、彼の執念の調査もすごい。

また、決してひとりで推し進めず、きちんと告げてくれるのもうれしかった。本当は匡深が調べ上げなければならないものを、労を厭わず一心不乱に行い、あまり役立っていない自分へ文句も言わずにいてくれる。

懐《ふところ》の深さとともに、情報収集能力にも内心で敬服した。陽仁の尽力がこのたびこそ報われるよう希《こいねが》う。

「どんなにわずかでもいいので、収穫があることを切に願います」

「うむ」

真心を込めた言葉に、彼の顔つきがいっそう和らいだ。そのやわらかな眼差しに見つめられて俯いたら、小さく笑われる。

時を空けず、興がる様子で訊ねられた。

「初対面からずっと気になっているのだがな。匡深はなにゆえ、私と目が合うとすぐに逸らすのだ?」

「…ご無礼は承知ですが、中務卿の宮様に限りませぬので」

「私以外でもそうだと?」

「はい」

「もしや、右目に引け目を感じてか」

「わたくしの異形を不愉快に思われる方々がいらっしゃるのはたしかです」

「そなたをよく知りもしない者の言い草など、聞くに値せぬわ」

「……ええ」

気に病む必要はないと断言されて、琴線に触れる。

似たような気休めを家族に言われてもぴんと来ないが、陽仁の言葉はなぜか胸を揺さぶった。

けれども、つづけられた『花の顔《かん》ばせなのに見る目のない』だの、『私のことは心ゆくまで見つめてくれ』といった台詞に閉口したのは言うに及ばずだ。

その後は、次兄かつ式部卿の宮こと椿山宮長仁親王と今朝参ったという願掛けについて話が移った。

帝のみならず、長仁とも仲睦《なかむつ》まじい様が見て取れた。聞けば、帝の許可を賜って次兄にだけは次第を話したらしい。

事情を知った長仁も全面的に協力してくれていて、法楽寺が久我氏と関係があると探し当てたのも彼だとか。

表立って動けない帝にかわり、長仁と陽仁が力を合わせているのだ。

同腹でも不仲な兄弟が多く、血で血を洗う権力闘争も普通なのに珍しかった。

「堅実とお伺いする式部卿の宮様のお助けは、頼もしい限りでございます」

「ほう。私だけでは不安だと?」

「滅相もありませぬ。中務卿の宮様には頼り切りで、わたくしひとりが不甲斐《ふがい》なく心苦しく存じます」

「そう堅く捉えずともよいが」

「いいえ。いい加減に巻き返さねばならぬ頃合にて」

「ほどほどにな」

静かに勇む有様をおもしろがられているとは知るよしもない。そして二刻半が過ぎた頃、目的地に着いた。

いつもと同じく、先に牛車を降りた陽仁に手を取られて匡深も倣う。

件の法楽寺は、山野の中にぽつんとあった。境内に伸びる石段の数は少ないものの、門構えや建物は質素ながらも手がかけられている。

「果たして鬼が出るか、蛇が出るか。…参るとしよう」

「畏まりました」

数名の舎人は牛車で待たせ、行啓だけを従えて石段を登っていった。ほどなく、広くはない敷地内に入る。

周囲に人影は見当たらず、ひっそりと静まり返っていた。鳥の囀《さえず》りが時折、甲高く響く以外は物音はしない。まさか住持《じゅうじ》らは出払っていて無人なのだろうかと訝る匡深に、本尊があると思しき正面の堂を指した陽仁が言った。

「人の気配がする」

「僧《そう》にございますか？」

「おそらくな。高齢だそうだが、話を聞いてみるか」

「久我の縁《ゆかり》の者でしょうか」

「いや。無縁の、大陸から渡ってきた高僧らしい」

彼の言に違《たが》わず、本堂には年老いた僧侶がいて写経中だった。

山中の寺とあって訪れる者は滅多にないとかで、相好を崩して歓待される。小さな寺の内部も快く見せてもらえた。中には、老僧と年若い僧もひとりいた。

久我氏が奉納したとされる品々も、くまなく見極める。ふたりの僧侶からそれとなく篤実の話も聞いたが、不審な点は欠片もなかった。

ともに落胆しながらも、礼を述べて法楽寺をあとにする。

門をくぐって石段を下りる最中、陽仁が苦く笑った。

「あえなく実りなしに終わったな」

「中務卿の宮様…」

「口惜しい限りだが、正直、次の手立てがない」

完全に暗礁に乗り上げてしまった状況に、匡深も唇を噛む。

物的証拠や情報がなにもなくては、推理のしようがなかった。疑わしいというだけで篤実を問い詰めるのは容易くも、無実と言い張るのが目に見えている。

決定的な材料がない以上、下手をすれば日野氏が帝を唆して政敵の久我氏に濡《ぬ》れ衣《ぎぬ》を着せたと言われかねない。それだと、祖父や父の立場がさすがにまずくなる。ほかの貴族へ及ぼす余波も懸念され、慎重さが必要だ。

帝の意向が絶対的とはいえ、思慮深い帝はたしかな嫌疑もなく人事を刷新しないので、現況は敵方の思う壺《つぼ》でもあった。

しかし、あきらめたくはなかった。調べが難航を極めようと希望を失ったら終わりだし、事がうまくいっているあちらは油断が生じる可能性もある。

石段を下《くだ》り切ったところで、匡深が陽仁へ告げた。

「今こそ、よい折かもしれませぬ」

「匡深？」

「策士策に溺《おぼ》れると申しましょう。こうなれば、この機に乗じて相手が尻尾《しっぽ》を出すまで追いつづけるまでにございます。わたくしも、さらに知恵を絞りますゆえ」

「…まさしく」

瞬時、双眸を丸くした彼がゆっくりと破顔する。

おかげで意気が揚がったと礼を述べられた。新たな奮闘を互いに誓い、帰路に就こうと牛車に乗り込む刹那、行啓が鋭い声を放つ。

「殿下！」

「承知」

腰に帯びていた太刀《たち》を目にも留まらぬ速さで抜いた陽仁が、正面の草むらから出て襲いかかってきた男の一撃を弾《はじ》き返した。その直後、隠れていたらしい複数の暴漢が刀を手に現れて取り囲まれる。

匡深を背中に護って一団と対峙《たいじ》しつつ、彼が毅然《きぜん》と言う。

「私を紫野宮と知っての狼藉《ろうぜき》か！」

「……」

「無言とは、つまり諾と看做してよいと？」

問いかけにかまわず、問答無用で斬《き》りかかってくる。即座に、舎人のひとりに携行させていた槍を持った行喬とともに陽仁が応戦する。

「行喬、話を訊くのにひとり残っていればよい。片づけるぞ」

「心得ました」

「匡深は舎人らと牛車を背にじっとしておれ」

「御意！」

突然、始まった乱闘に身の毛がよだった。荒っぽいことに慣れていないが、足手まといにはなるまいと気丈に振る舞う。

さすがは武人なだけあり、行喬の勇猛果敢な働きぶりは抜群だ。陽仁もそれと並ぶ見事な剣術で暴漢を斬り伏せている。

身のこなしが優雅なせいか剣舞のように映る姿に見入っていた匡深へ、舎人の焦った声が聞こえた。

「日野様、お避《よ》けください！」

「⁉」

警告とほぼ同時に、片側に凄まじい気配を察知する。

視界が利かない右側から来られたせいで、気づくのが遅れた。どうやら、陽仁と行喬の目を盗んだひとりがこちらに向かってきたようだ。

振り下ろされた刃《やいば》が迫るも、身体が硬直して咄嗟に反応できない。

「……っ」

万事休すと瞼《まぶた》を閉じて、来たる衝撃に備えた。けれど、痛みのかわりに訪れたのは強く引き寄せられる力と抱擁だ。

低い呻《うめ》きに目を開くと、眼前に陽仁の狩衣があった。刀を手にしたまま、もう一方の腕で匡深を胸元深く抱きしめている。

状況から身を挺《てい》して庇われたのだとわかり、蒼白《そうはく》になった。しかも、その左肩の衣が切れて血が滲んでいるのを見て取り、息が止まりかける。

「な、中務卿の宮様！」

「しばし待て」

「あ……」

厳しい声で制されたのち、再度斬りかかってきた男を陽仁が返り討ちにした。

見れば、十人ほどいた連中は捕らえられたひとりを除き、全員が事切れていた。惨状の中、残る暴漢を行啓が早速問い質《ただ》そうとした瞬間、彼らの身体の輪郭が俄にぼやける。そして、瞬く間に人形《ひとがた》の紙に変わり、ひらりと地面に落ちた。

「なに!?」

「殿下、火が！」

その上、いっせいに炎に包まれてすぐさま跡形もなく焼失する。

おそらく、暴漢の正体は陰陽道を操る者による式神《しきがみ》だったのだ。襲撃の成否を問わず、些少《さしょう》の痕跡すらなくすために燃やしたのだろう。

せめて人形さえあれば、三鞍へ鑑定を頼めたのにと悔やまれる。

あれこれ嗅《か》ぎ回るなとの脅しにしろ、確証が得られなくてはどうにもできなかった。

「敵方の術者の仕業か。周到なやり口だな」

「紙にしては、なかなかやりますな」

「紙切れの分際で、まことに小癪《こしゃく》だ」

「まだまだ殿下の精進が足りぬのでしょう」

「教え方の問題であろう」

「そういうことは、一度でも私に勝ってから申していただきたく存じます」

「ぬ」

この緊迫下での、気が置けない主従のやりとりに匡深が唖然《あぜん》となる。自分と淑望では考えられ

ぬ砕けた会話に逡巡《しゅんじゅん》しつつも、それどころではないと割って入った。

久我氏の出方も懸念されるが、自分のせいで陽仁に怪我《けが》をさせてしまったほうが大事《おおごと》で動じずにいられない。

抱きすくめられた体勢なのも忘れ、おろおろと見上げた。

「わたくしの至らなさで、中務卿の宮様の御身に傷を…」

「かすり傷ゆえ大事ない」

「なれど、肩に血が滲んでおります」

「直に止まる。私はともかく、そなたが無事でなによりだ」

「……っ」

匡深の身を心底案じる笑顔に、なぜか動悸《どうき》がする。

刀を避け損ねた己の自業自得なので、罪悪感を覚えなくていいとも言い添えられた。軽傷だからこそ、行喬も騒がずにいるという。

単なる事実だとしても、彼が身体を張ってくれたのは変わらず、なお胸が騒いだ。

一緒に探査を進める中、その純真かつ正義感に溢《あふ》れた性格に触れて、徐々に好感を持ち始めてはいた。ただの義務感や命令されたからでもなく、誰かのためにこうも一所懸命になれるのが微笑ましく、自分とは正反対の心根が眩しかった。

家族と淑望以外には厭われがちな匡深へ人懐こくかまってくるのも、最近では満更でもなくなってきたところへの現状だ。

落ち着きたいのは山々だったが、心の乱れがおさまらない。

そんな自身に惑いながらも、今は怪我の療治をせねばと我に返った。

「あの、傷の手当てを早くなさいませんと」

「ああ。いつまでもここにいるのもなんだしな」

行喬に促され、陽仁とふたりで牛車に乗り込む。衣の血の染みが先刻より広がっていそうで、気が気ではなかった。

本当は深手を負っていたのかもと心痛し、帰り路は来るとき以上に遠く感じられた。

都へ着いても、先に左大臣邸へ行くと言われて断る。

「わたくしにかまわず、中務卿の宮様のお邸へ向かってください」

「送るのが遅くなるが?」

「けっこうでございます。仮に送っていただいたにせよ、容態がわからなくては生きた心地がいたしませぬ」

「平気だと申しておるのに心配性だな」

「当然の懸念です」

「そう気にせずともよいのに」

きちんと傷の具合を確かめなければ安らげないと同行を主張する。やがて二条院へ到着したあと、治療に立ち会った。

上半身のみ裸になった彼のそばへ控える匡深の面前で、行喬が手際よく処置をしていく。

実戦に慣れたふたりにはたいしたことはないのかもしれないが、充分痛々しい傷痕《きずあと》に見えて胸が痛んだ。

行喬の見立てによれば、半月程度で完治するという。

ほどなくすべてが終わり、血で汚れた衣などを持って行喬は下がった。

ようやく安堵を覚えて息をつくと、袖を通さず単衣《ひとえ》を羽織った陽仁が笑う。

「気はすんだか」

「はい。少しく安心いたしました」

「……っ」

身体ごとこちらへ向き直った黒い双眸を見つめて、無意識に頬をゆるめた。

初めて見せたまともな笑顔に驚かれているとも気づかず、自らの胸を片手で押さえる。

「重傷ではないようで、不幸中の幸いにございました」

「…だから、大事ないと申したであろう」

「それでも気がかりだったのです。大切な御身にわたくしのせいで……」

「もう黙って」

「!?」

あらためて悔恨の情を乗せた口が、身を乗り出してきた彼のそれで不意に塞《ふさ》がれた。状況を把握し、さすがに驚愕した匡深が目を見開く。

反射的に身を引こうとするも、後頭部に無事なほうの手を添えてさらに引き寄せられ、吐息を深く奪われる。

「んぅ…ふ、んんっ」

予期せぬ事態に、平常の沈着さが揺らいだ。

息継ぎもうまくできずにいると、触れ合わせたままの唇が囁く。

「匡深は悪くない。傷もすぐに治るゆえ、己を責めるな」

「お心遣いは、恐縮なれど……なにを……なさいます…?」

あやすような言葉に応じながらも逃げを打った。けれど、頭部から下がった腕で肩を抱かれて阻まれてしまう。反動で膝《ひざ》が崩れ、逆に広い胸へ倒れ込んだ。

またもひどく近い位置で視線が絡み、動揺に拍車がかかる。にもかかわらず、動転ぶりは面にも声にも表れないため、伝わりづらい。

「お手を離してくださいませ」

「あいにくと、聞けぬな」

「なにゆえにございますか」

「そうも健気《けなげ》に心を砕かれては、もはや私の忍耐も持たぬ」

「…仰せの意味がわかりかねますが」

「今すぐ、そなたが欲しいのだ」

「……なんですって？」

「慕わしいそなたを、私のものにしたい」

「いつの間に、わたくしが恋のお相手になっていたのでございま……うわっ」

己の言動が陽仁の劣情を若干煽《あお》り立てた意識のない匡深の身が、いとも容易くその場に組み敷かれた。

かろうじて平静を保ちつつ、制止を訴える。

「お戯れはおやめください。傷にも障ります」

「かまわぬ」

「中務卿の宮様」

「もちろん、戯れなどではない」

「……っ」

本気だと熱っぽく断言されて息を呑んだ。艶冶《えんや》な眼差しに晒《さら》された状態で、さらに言い重ねられる。

匡深が路仁の侍読になる前から、図書頭に就いた直後から関心があった。しかし、話しかける隙がなく、宴へも滅多に出席しないので親しくなれる機会がなかったという。

ゆえに今回、なりゆきとはいえ、ともにいられるようになって不謹慎だが心が弾んだ。やはり、噂とは全然違い、匡深の人柄を身近で知れば知るほど好感を持ったともつけ加えられる。

一見、冷淡に見えて、何事もひたむきに取り組む姿が印象的とか。まじめで融通が利かない気質も愛嬌《あいきょう》らしい。苦手と思しき他人との交わりを押して、帝へ尽くそうとする一途《いちず》さにも心が傾いていったと告げられる。

時ならぬ吐露に虚を突かれ、耳を疑った。

これまでも睦言《むつごと》めいた発言はされていたものの、等閑言《なおざりごと》と受け流していた。よもや真剣だったとはと瞠目する。

「もっと早くにこうしたかった」

「左様なことを、急に仰《おっしゃ》られましても…」

「ならば、今を境に私のことを想うがよい」

「いささか、ご無体が過ぎるかと……あ！」

おもむろに、狩衣と指貫《さしぬき》に手をかけられた。ささやかな手向かいは躱され、信じられない手際のよさで衣が乱されていく。

陽仁が脱いだ単衣と併せて、褥《しとね》がわりに背中へ敷かれた。

引きしまったその上半身を見ても、先刻は平気だったが今は違う。

あらわにされた己の素肌も恥ずかしかった。彼とは比較にならない貧弱さを両腕で抱きしめて隠そうとしたが、烏帽子《えぼし》と眼帯まで取られてしまって慌てる。

「な、なりませぬ」

「どこもかも、えも言われぬほどに美しく艶かしいな」

「どうか、お許しくださいませ」

「これほど凄艶《せいえん》な姿を見せられては、もう待てぬ」

「中務卿の宮様！」

「そなたを存分に愛でさせてくれ」

「ああっ」

周章と困惑の只中《ただなか》にいる匡深の脚の間に身を挟まれ、中心が陽仁の手に包まれた。

驚倒し、身をよじって逃れようとするものの、淫《みだ》らに動かされて挫《くじ》ける。

「くっ……やめ、てくださ…っ」

「あきらめるがよい。やめるつもりはないゆえな」

「そん、な……うぅ…ん」

いっそう濫りがましい指戯を受けて、ゆるゆるとかぶりを振った。

覆いかぶさっている逞《たくま》しい胸板を押し返すも、びくともしない。かえって、端整な顔が降ってきていろんな箇所を吸われた。

時折、ちくりとした感触に呻く。吸い痕をつけられているのだとわかり押し留めたけれど、聞

き届けられなかった。

両方の胸の尖りも指で押し潰《つぶ》されたり、摘《つま》まれたりする。口にも含まれ、やんわりと食《は》まれて戸惑った。しばらくして疼き始めて動じ、そこから引き剝《は》がそうと上げた手が陽仁の烏帽子に当たる。

「あ……申し訳、ございまっ…」

「かまわぬ」

思わず謝った匡深を宥め、いったん身を離した彼がずれた烏帽子を手早く取った。その際、髪が幾筋か秀麗な額に乱れかかり、艶《あで》やかな嬌姿《きょうし》に視線を泳がせる。

視界の端に指貫を脱ぐのも入り、全裸になられていっそう目のやり場に困った。

さすがは色事において百戦錬磨のつわものと痛感する。普段の爽《さわ》やかな印象と異なる色香に吞まれそうになった。

再開された愛撫《あいぶ》に、当惑は深まる一方だ。

「ん、ん…う」

「匡深、声を殺すでない。聞かせよ」

「…っふ」

懸命に堪えていた声を吐息ごと掠《かす》め取られて言われ、嚙みしめていた唇がほどける。

いったんこぼれた嬌声は抑えられず、閨事《ねやごと》が初めての匡深は決定的な混乱に陥った。

なにしろ、『時渡り』の異能は男系で継がれていくので、この能力が他家に漏れるのを防ぐ名目にて『時渡り人』は異性との交わりも婚姻も禁じられている。

同性との情交ならばいいが、他人に興味が薄い性格上、経験はなかった。

書物で読んだ知識はあれども、知力では如何《いかん》ともし難い。

陽仁が相手だけに、立場的にも強硬な抵抗はしにくかった。自分のために怪我をさせてしまった負い目もあるからなおさらだ。

「んっ……んく……中務、卿の……宮様…っ」

「言いづらそうだな。今後は、陽仁でよい」

「そ、れは……ご不敬に、ござい……ます」

「私がそなたにそう呼ばれたいのだ」

「あっ…ぅ」

耳朶《じだ》を甘噛みしながら、耳元で呟かれて首をすくめた。

呼べと幾度も促されて辞退する。それでも、はしたなく芯を持ち始めた分身に加え、双珠まで揉《も》まれて取り乱す。

自慰すらほとんどしない匡深に、これは強烈だった。悪戯な指先に会陰《えいん》もねっとりとつつかれて未知の感覚に惑い、不本意にも彼に従う。

「……陽仁、様……もう…っ」

満足げに双眸を細められて複雑な心境だが、それどころではなかった。

下腹部へ溜まった熱が出口を求めて荒れ狂っている。早く楽になりたくて、陽仁をよろこばせる行為と知らずに腰を微かに振りつつ頼み込んだ。

「どうぞ……お手を、お退けに…っ」

「このままで」

「なれ、ど…」

彼の手を汚すことを躊躇う匡深をよそに、敏感な先の部分を爪先《つめさき》で玩《もてあそ》ばれる。

なんとか我慢を試みるも耐え切れず、あえかな声を漏らして精を放った。

「ああ、ぁ……あっあっ…ん」

ようやく得られた解放感に瞬時、頭の中が真っ白になる。

自分でするのと人にされるので、こうも差があるとは知らなかった。

脱力し、肩で大きく息をついていると、左の目尻に唇を押し当てられた。優しい眼差しで見下ろす陽仁に気づき、頬が熱くなる。

一部始終を見られていたのが、いたたまれない。

ぎこちなく視線を逸らしかけるも、なおも腰の奥へ触れられて目を剝《む》いた。

「中務卿の宮様っ」

「そうではあるまい?」

「……陽仁様」

「うむ。なんだ」

「その、まだ、おつづけになられるのですか？」

「そなたをしかと堪能するまではな」

「あ……おやめくだ、さ…っ」

双丘の狭間を指で撫でられてうろたえる。そこは不浄な場所だと戒めたものの、さきほど放出した淫水のぬめりも借りて弄《まさぐ》られた。

どうにか免れたくて必死に身をひねり、反転が叶う。ところが、うつ伏せになった背を笑みまじりに陽仁の唇が這《は》い上がり、うなじへ歯を立てられた。

「痛…ぁ」

「無駄な抗《あらが》いは、私を煽るだけだぞ」

「何卒、ご容赦を賜りたく…」

「ならぬと申しているであろう」

「うぁ…中務っ……陽仁様！」

再び、後孔に手を伸ばされる。今度は指先がじりじりと押し入ってきて身がすくんだ。

なにもかもが初体験の匡深がさすがに恐慌を来たし、背後を振り返って懇願する。

「これ以上は、お許しくださいませ。わたくしには……無理、です」

「男同士が初めてでも、心配はいらぬ」

「違い、ます」

「なにがだ？」

「…そもそも、わたくしは、誰とも深い仲になったことがございませぬゆえ」

「！」

「閨事そのものを、できるかどうか……不安にて…」

「……よもや、恋した者もおらぬと？」

「…左様に、ございます」

「……っ」

恥を忍んでの告白を汲んで、勘弁してほしいと言い募った。まさか、己の台詞が逆効果になるとは考えもしない。

恋愛に我を忘れなくても、年上でそれなりに経験を積んでいると思っていた匡深が、実は誰の肌も恋も知らず、自分が最初の相手と知った陽仁がうれしい誤算と高揚ぎみに感動に浸っているのもだ。

平素のしっかり者な一面とは異なる初心《うぶ》さが可憐《かれん》とか、一際愛しく感じられると内心で盛り上がられてもいた。

「どうりで、手ごたえがときどき初々しかったな」

「え?」

「そうか。ならば、じっくりと可愛がってやらねば」

「あの……陽仁様!?」

「私にすべて任せておくがよい」

「ん、ふっ」

やめてくれるはずが、意に反して俄然《がぜん》やる気になられた。柔和な強引さをここでも遺憾なく発揮するつもりらしい。

指を引き抜かれたのはいいが、腰を突き出す格好で両膝を立てさせられる。上体を起こした彼にあろうことか秘処へ顔を寄せられ、舌先で触れられて慌てた。

あまりにも想像を絶する行動に、匡深が肝を潰す。

「お、おやめください!」

「そなたは身を委《ゆだ》ねておれ」

「そのようなこと……っあ」

身をよじって逃れるより一瞬早く、匡深自身を手中におさめられる。

前と後ろを同時に攻められて度を失った。ただでさえ先の解放で過敏になっている陰茎を扱《しご》かれながら、後孔も舐《な》められる。

間もなく、また中に指が入ってきて異物感に眉をひそめた。

「う…くっ……嫌、に…ございま…っ」

「痛むか?」

「いえ。な、れど…ぅ」

「今少し待て」

即座の中止を願うも、陽仁はやめてくれない。けれども、内部を探られて呻きを漏らすだけだった匡深にほどなく変化が訪れた。

指が掠めるだけなのに、全身に痺れが走る部位があると勘づいたのだ。

「な、にが……あ…っん……あ、あっ」

「ここか?」

「んぁ…あっあ……そ、こは…ぁ」

「そなたの泣きどころだ。思うまま、啼《な》くがよい」

「陽、仁様……おやめに……っああ!」

「そら」

「やっ、あ…んんん」

感じずにいられない場所を、くどいほどに擦《こす》り立てられた。指の数も増やされていき、しまいには三本も呑み込まされて縦横無尽に弄《いじ》り尽くされる。

奥を嬲《なぶ》られる反動で、すでに二度目の吐精を果たしていた。敷かれた衣を淫液でしとどに濡らし、慎みなく三度《みたび》勃《た》ち上がっている己にも恥じ入る。

ひっきりなしにこぼれるあられもない嬌音も、聞くに堪えなかった。

これ以上つづけられたら自我が吹き飛んでしまいかねず、匡深が哀願する。

「お願い、で……ござい…ま…す」

「うん？」

「もう……お許し、ください…ませ」

「そうだな。そろそろよかろう」

「っん、あ…」

指が抜けてほっとした直後、身体を裏返された。

見苦しい状態の股間《こかん》を手で覆う寸前、両脚を持って開かされる。陰部をあますところなく陽仁の目に晒されてしまい、羞恥《しゅうち》に苛まれた。

日暮れとはいえ、まだ室内へ陽光が届くので汗顔の至りだ。

「陽仁様……このような…っ」

「やっと、そなたと結ばれる」

「……っ」

その瞬間、彼の立派な屹立《きつりつ》を捉えて息を呑んだ。あれを身の内に入れられるのだと思い、怖《お》じ気《け》づく。

もうしばらく猶予をくれとの嘆願は、取り合ってもらえなかった。

後孔に押しつけられた切っ先が、ゆるやかにめり込んでくる。まるで、熱く太い杭《くい》を打ち込まれている心情で身悶《みもだ》えた。

「っは、く…ぅ」

「息を詰めるな、匡深」

「あ……うぅ、ん……で、きませ…ぬ」

「では、こうしようか」

「な……んっ…んん」

不意に半身を折り曲げて上からかぶさってきた陽仁に、そっと唇を合わせられた。

宥めるように口内を舐め回され、角度を変えては何度も反復される。舌を絡める仕種にうまく応《こた》えられずに惑う隙をついて、唾液《だえき》を飲まされた。

息苦しさで、眼前にある胸を遠慮ぎみに拳《こぶし》で叩く。どうにか唇がほどけてくれと首を振ったが、見逃してもらえなかった。

「っふ、ぁ…」

匡深自身へも、また手を伸ばされて悩ましい。

挿入の煽りを受けて萎《な》えかかっていたのが、すぐにもよみがえって消え入りたくなった。されども、呼吸を求めて無意識に大きく息を継ぎ、身体から余分な力が抜ける。

それを狙い澄ましたかのごとく、熱塊が隘路《あいろ》を掻《か》き分けて進んでいく。尋常ならざる嵩高《かさだか》のものに貫かれて惑乱する。

丁寧に後孔を慣らされたせいか、痛みは少なかった。とはいえ、彼を深く迎え入れさせられるにつれ、腹が裂けそうで恐ろしくなる。ゆえに、怖いから抜いてほしいと、唇を塞がれる合間に恥も外聞もなく涙眼《るいがん》で縋《すが》った。

「お願いに……ござい ま…す」

「閨でのそなたは、実に愛らしいな」

「ぁ……う!?」

どういうわけか、さらに陽仁の嵩が増して濫《らん》する。その状態ですべてをおさめられた上、動くと言われた匡深が頬を歪《ゆが》めた。

「陽仁…様っ」

「私とともに心地よくなるだけだ」

「や……どうぞ、ご堪忍、くださ…」

「色めいた潤んだ瞳で言われてもな」

「ああっ」

ゆるりと腰を回されて動じる。微塵もゆとりなどない後孔内のはずが、たどたどしいながらも撓《しな》って彼を受け止めていた。しかも、脆《もろ》いところを突かれるたび、背筋から脳天へ快楽が駆けのぼる。

体内を侵される恐れと快感、恥じらいがない交ぜになって惑溺《わくでき》した。

「ん…あ…っあ、あぁあ……い、やっ」

「嫌ではあるまい。むしろ、悦《よ》さそうだが?」

「ふっん……ち、が……あっあ……あ、あ、あ」

「まあ、よい。私の手でなお乱れさせるまで」

「陽仁さ……っんぅ」

強靭《きょうじん》な腰つきで中を掻き回され、胸へも口をつけられる。

陽仁の手が離れた陰茎は互いの肌に擦れて果て、懲りずに芯を持ち始めていた。

だんだんと激しくなる突き上げに、身体がずり上がる。覚えず、間近にある肩へしがみつこうとして、傷に巻かれた布に意識が向いた。

まだ塞がり切っていない刀疵《かたなきず》へ、迂闊に触れては差し支えると引きかけた手を取られる。顔を上げた彼と見つめ合った。

「あ……」

「縋りついてかまわぬ」

「いえ……お傷、に…」

障りますと匡深が囁くと、面前の凜々しい眉が片方上げられた。すかさず満面の笑みを浮かべて唇を啄《ついば》まれる。

「まったく。どれだけ私をそそるつもりだか」

「え？」

「よし。今宵《こよい》はそなたを邸には帰さぬことに決めた」

「陽仁、様!?」

「左大臣邸へは使いを出すゆえ、心配はいらぬ」

「……っ」

勝手なと抗議する寸前、指を絡めた両手を顔の脇に各々縫い止められて内壁を摒《せせ》られた。

指では届かなかった深部もつつかれて悩乱し、陽仁の手をきつく握り返す。己の肉体なのに思うとおりにならず、翻弄《ほんろう》される。いくら終息を求めてもだめで、気息奄々《きそくえんえん》となった。

「あ、っん…はあ……あ、あっ…ぁ」

「匡深」

「んっん……あぁ…も、お許し……を…」

「さらにと申してはくれぬか」

「…あまりに、殺生《せっしょう》な……お言葉…にて」

「そなたらしい返事だな」

「んぁう」

いきなり、最奥を抉《えぐ》るように腰を打ちつけられて悲鳴をあげる。強い穿《うが》ちで匡深が達するも、量は少ない。

そして解放の余韻に浸る間もなく、筒内が熱い奔流で満たされた。

「あっあ…あ……な、に…⁉」

体内が濡れていく奇妙な感触に、身を震わせる。しばらくののち、彼が中で精を迸《ほとばし》らせたのだとわかって当惑したが、とりあえず終わったらしくて胸を撫で下ろす。

ほどいた手で、陽仁が匡深の頬や髪へ触れてきた。右側の目尻にも睫毛ごと口をつけられて囁かれる。

「涙は出るのだな」

「……ああ。はい」

「それは上々《じょうじょう》。泣き顔のそなたは稚《いとけな》い傍ら、妖艶《ようえん》でもあった」

「左様で、ございますか…」

明け透けな感想へ律儀に答えつつも、頬を朱に染める。

こんなときになんと返せばいいのかも、わからなかった。『ご満足いただいて光栄です』は、ごり押しで始まっただけに違う気がする。『つつがなくすんでなによりにて』も、諸々あった分、事実に反した。

だいたい、総括するには恥ずかしすぎると思案に尽きる。その恥じらう様も艶かしい自覚がないため、後孔内の彼が硬さを取り戻した気配に慌てた。

広い胸を、控えめながらも押し返して言う。

「あの、御身をお離しになってくださいませ」

「まだ離れたくない。いや。離したくない」

「…陽仁様」

「肌を重ねて、匡深がよりいっそう愛しくなったのだ」

「お待ちくださ……あ、っく」

止め立ても叶わず、身を起こした陽仁の膝に胴を跨《また》ぐ姿勢で座らされてしまう。繋がったままゆえに、自らの重さで楔《くさび》が内奥へ突き刺さってくる。注ぎ込まれた淫水が下方へ向かう体感もなんとも言い難かった。

わずかに高い位置から困り顔で見下ろす匡深に、彼が笑う。

「今度は私に摑まっていないと危ないぞ」

「無理を、仰らないでください」

「首へ縋れば、傷には触れまい」

「なるほど。…いえ。そうではございませぬ。わたくしの体力が…」

「そなたは、ただ愛されておれ」

「陽仁様っ……は、っああ！」

臀部《でんぶ》に両手を添えられて、深奥を混ぜ返された。とりわけ弱い一帯を擦られ、背を反らす。

不安定だった体勢が、その勢いで背後に傾いだ。反射的に陽仁の首筋へ両腕を伸べ、しがみつく。


「それでよい」

「あぁ、っん…あ……ぅんん」

深みばかりでなく、浅いところも漏れなく弄られた。

熱塊が抜ける間際まで匡深の腰を持ち上げ、その周辺をつつき回される。一連の動作で溢れてきた淫液による水音が響いて身の置き所がなかった。かと思うと、また深々と押し入られて取り乱す。

鎖骨や肩の一帯に痕をつけられる感覚にすら、過敏に反応した。

「やっ……も、おやめ…くださ…っ」

「そなたの中は、だいぶん私に馴染んできているが？」

「んふ、ぅ…ぁ」

「匡深のこれも、また硬くなっておる」

「……っ」

耳朶を齧《かじ》られつつの言葉に、匡深が顔に紅葉《もみじ》を散らす。

どちらの指摘も羞恥極まるもので、できれば耳を覆いたくも叶わない。せめてもと、陽仁の無傷なほうの肩口へ顔を埋めた。

「いかがした」

「……閨事、とは…」

「うん？」

こうも恥ずかしいものなのかと、途切れがちに述べる。

荒々しくは決してないけれど、彼が常ならず少々意地が悪いのも戸惑う点だ。そう言い添えると、羽のように優しくこめかみに唇で触れられた。

「そんなふうだから、私にいじめられるのだがな」

「え」

「それ以前に、なんなのだ。その愛くるしさは。日頃の図書頭と似ても似つかぬ姿だぞ。そなた、私を虜《とりこ》にする気か」

「なに、を……仰せに……んぁ!?」

奥深くをいちだんと強《した》かに掻き混ぜられて身悶えた。

肌へ指痕がつくのではというくらい、強く腰も引き寄せられる。ふと始まった甚だしい突き上げに、匡深が心の平静をいよいよ失った。

「や……あ、っあ……嫌…っ」

「匡深」

「もう……お願いで…ござっ……ああぅ」

「こうなれば、そなたは私だけのものだ。以後、ほかの誰にも目を向けてはならぬ」

「あっ、あっ……ん、んん…っあ」

「よいな」

「陽、仁様…ぁ」

怖いほどの眼差しに気圧《けお》されて、わけがわからないままうなずいた。

幾許もなく、二度目の激流を体内で受け止める。その頃には、双方の鳩尾《みぞおち》あたりは匡深の精で濡れそぼっていた。

ようやく繋がりをほどかれ、衣の上へ仰向けに横たえさせられる。

荒い吐息をつく唇を、添い寝してきた陽仁に塞がれて眉をひそめた。

「ん……」

よもや、まだするのかと恐々《こわごわ》訊くと、『無論だ』と返されて嘆息する。少しは憩《いこ》わせてほしい匡深を後目に、内腿《うちもも》へ手を入れてこられた。

急いで脚を閉じたが間に合わず、秘処を撫でられる。

陰茎と双珠はそこそこに、後孔を指が穿った。根元まで埋め込まれたそれを鉤《かぎ》状に曲げられたため、淫水がこぼれ出す。

「あ、んう…ゃ」

「一晩中、私で満たしてやろう」

「陽…仁さ……ま…っ」

大仰な言い回しであってくれとの願いは、もの悲しくも当てが外れた。夕餉《ゆうげ》を挟み、行啓に左大臣邸への使いを頼んだのみで、本当に夜更けまで甘い責め苦はつづいたのだ。

ほとんど気を失うように眠りに就いた翌朝、匡深はのどかな低音で起こされた。低く呻いて身じろぎつつ、いつもの淑望の声ではないと訝る。薄く瞼を開き、間近にある端整な容貌を見て固まった。

「起きたか」

「え……？　中務卿の宮様…!?」

「陽仁だと、昨夜さんざん申したのにな」

「……あ！」

いっとき事態を把握できずにいたが、一瞬ですべてを思い出す。しかも、見知らぬ白い夜着をまとっている己に気づいた。その下の素肌もさらりとしている。自分で着たり、拭《ふ》いたりした覚えはなかった。

意識のない肢体を無様に晒し、身が細る思いだ。

行啓、あるいはほかの従者の行為にしろ、決まりが悪い。あとで一言声をかけさせてもらえるか訊ねた匡深に、陽仁が笑顔で言った。

「いや。すべて私がやった」

「!!」

よりによって、彼の手を煩わせてしまったと聞いて恐縮する。寝起きのみが要因でなくかすれぎみの声で、直ちに謝罪した。

「……なんとお詫び申し上げればよいか…」

「かまわぬ。しどけない姿態のそなたに、誰も触れさせたくなかっただけだ」

「……っ」

独占欲を滲ませた台詞と、疼く下肢に顔が赤らんでいくのがわかった。

起き上がろうにも、ひとりでは立つこともままならない。結局、遠慮も押し切られて陽仁の直衣を着せられたあげく、自邸へも送られた。

出仕も難しい体調だったので、参内も休むはめになる。

別れを惜しむ文を携えた後朝《きぬぎぬ》の使いも寄越されて、匡深の困惑はより深まった。

陽仁の傷が癒《い》えるまで、真相の調査はいったん中断となった。顚末《てんまつ》を知って胸を痛めた帝の、たっての願いを斟酌《しんしゃく》した形だ。

この間に、久我氏への対応策を練り直す。三鞍も交え、今後の方針について話し合いも持った。

それはいいが、匡深に対する彼の甘い言動があからさまになりすぎていて、どうにも頭が痛い。

なにか言いたげな三鞍の一瞥《いちべつ》にも、訊《き》かないでくれと視線で返すのみだ。

ちなみに、過日の朝帰りと気だるい様子の匡深を見て、父は状況を悟ったらしい。

護衛のつもりでそばに置いたのに、こんなことになるとはと渋面で唸《うな》っていた。一応、庇《かば》ってもらったと告げるも、それとこれでは話が違うと即答された。

様々な浮名を流す陽仁とあって、気に入らないのだろう。しかし、甥《おい》とはいえ親王が相手ゆえに抗議しづらい現実が潔深を苛立《いらだ》たせているらしかった。

「ここにおったのか。匡深」

「中務卿の宮様」

侍読の任を終えて麗景殿を下がり、牛車《ぎっしゃ》のある宜秋門へ向かう途中で彼と出くわす。

あの夜から六日が経つが、こうやって出仕中も匡深を探して会いにこられている。

「その他人行儀な呼び方はどうにも味気ないな」

「こちらは宮中にて、人の耳目がございます」

「やはり、そなたには名を呼ばれたい」

「…お約束いたしたはずですが？」

「心得ておる」

陽仁と呼ぶのは、密室でふたりきりのときが大前提と述べていた。それすら、礼儀を重んじる匡深にとってはかなり譲歩した案だ。

話しながらも顔を寄せてきて、声をひそめられる。

「身体《からだ》は大事ないか」

「……っ」

「昨夜もずいぶんと泣かせてしまったのに、参内していると聞いて気になったのだ」

昨日も、出仕の帰りに捕まって二条院へ連れていかれた。この前々日もそうで、一度きりの戯れどころか、すでに三回も彼と肌を合わせている。

しかも、匡深こそが一生を添い遂げる唯一の伴侶《はんりょ》と言い、これまでいた恋人たち全員と袂《たもと》を分けたとか。その上で、今後は生涯、匡深ひとりだけを愛すると真摯《しんし》に誓われて、想定しえなかった事態に困った。

気の迷いといくら押し留《とど》めても、聞き流された。日々、熱烈な恋の歌を贈られたり、会えば熱心に口説《くど》いてきたりと目まぐるしい。

いったい、自分のどこをそんなに気に入られたのか謎《なぞ》だ。だいたい、京で指折りの恋多き男を充足させられる器でもない。

遊びではないにせよ、そのうち飽きればまた誰《だれ》かに心を移すというのが匡深の予想だ。

そう認識していようといまだ対応に戸惑《とまど》うものの、きちんと応じる。

「…一度ならず、二度までも務めを蔑《ないがし》ろにできませぬ」

「まじめなそなたらしいな」

「当然のことかと存じま……中務卿の宮様！」

「静かに」

唐突に手を取られ、近くの生垣の陰へ攫《さら》うように伴わされてしまった。樹木を背にした陽仁の胸に閉じ込められる。

すっかり嗅《か》ぎ慣れた白檀《びゃくだん》の芳《かぐわ》しい香りに包まれた。抗《あらが》いたくも、抱きしめる腕の強さになす術《すべ》がない。

胸元へ両手をついて溜《た》め息《いき》まじりに見上げた先に、まっすぐな眼差《まなざ》しがあった。

「宮中では、くれぐれも自重なさってくださいと申し上げております」

「そなたを前にしては難儀だな」

「中務卿の宮様…」

人目を忍んでの抱擁や、唇を触れ合わせるといった振る舞いもよくされる。

なんとも情熱的な言動を窘《たしな》める一方、彼といるのは嫌ではなかった。一緒にいて畏《かしこ》まる相手ながら、以前ほど緊張しなくなっている。

匡深が知らない分野の知識も分けてくれて、会話自体を楽しんでいる己がいた。

無論、性的な接触は毎回弱るが、誰かといて愉快なのも初めてで心乱れた。だからなのか、あまり強くは咎《とが》められない。

たぶん、惹《ひ》かれ始めてはいるのだろう。そういう感情が自分の中にあった事実が驚きだし、それにどう向き合えばいいのかも依然、不透明だ。こんな私的な問題で悩んでいる場合でもないといった判断も頭の片隅にある。

種々なもの思いは心の奥に沈め、恬淡《てんたん》と言った。

「そこを慎んでいただけますか」

「精進しよう。そのかわり、明後日《みょうごにち》は遊山《ゆさん》につき合ってもらおうか」

「え?」

「ちょうどよい時季になったゆえ、紅葉見《もみじみ》に参ろう」

「………」

元々、今日は匡深にこの話をするつもりでいたそうだ。調査に明け暮れる毎日の気晴らしになればいいがと微笑《ほほえ》まれて、胸が早鐘を打つ。

ほかの誰かから同じように誘われても一蹴《いっしゅう》できるのに、陽仁だと断りにくかった。立場的なものが理由ではなくなりつつあり、いちだんと迷う。

「もしや、先日の件で遠出はまだ怖いか?」

「いえ。左様なことはございませぬ」

匡深の沈黙を、暴漢騒動に怯《おび》えていると取られて即座に否定した。

おのずと逃げ道を塞《ふさ》いだ格好になり、首肯せざるをえなくなる。墓穴を掘った己に内心で嘆いていると、彼が重ねて問うた。

「では、よいな？」

「……御意」

「うむ。行き先など詳細は追って知らせる」

「畏まりました」

そして数日後、紅葉見当日がきた。名所として知られる場所もいいが、穴場だという高雄《たかお》に向かうことになった。

同行する行啇が見守る中、陽仁に手を取られて牛車に乗る。本当は淑望も連れていってやりたかったが、出先で万が一なにか起きては大変とあきらめた。

有事の際は、自分だけでも足手まといになる。前回でそれを思い知った以上、もうひとり増やす気になれなかったのだ。

左大臣邸の門前で見送る淑望に匡深が声をかけたあと、牛車が動き始める。

ふと頰《ほお》へ指先で触れられて彼を見遣《みや》ると、笑顔で言われた。

「事が片づいたあかつきには、そなたの乳兄弟《ちきょうだい》も連れてまた参ろう」

「中務卿の宮様…」

「今は陽仁でよかろう」

「…陽仁様。かたじけなく存じます」

「うむ」

前にもまして優しくされて面映《おもはゆ》くも、当惑が先に立つ。

陽仁からこうも情を傾けられたら、どんな者とて心酔しそうだ。数多《あまた》の男女に想いを寄せられるのもうなずけた。

他愛《たわい》ない話に花を咲かせてしばらくののち、高雄に着く。

彼に次いで牛車を降りた先で、ちらほらと人影が見えた。自分たち以外にも、紅葉見に訪れているらしい。

視線を巡らせれば、早速燃えるような赤が目に飛び込んできた。その中に、さらに色が異なる赤や、黄や茶、緑なども混じっている。それらが川面《かわも》に映った光景もだが、高く澄んだ真っ青な秋の空に照り映えて瞬《まばた》きすら忘れるほど美しかった。

自然が織りなす絶景に、匡深が溜め息をつく。

「見事ですね」

「いかにも」

この場で見入ってしまいかけたが、陽仁に促されて歩き出す。

紅葉《こうよう》した木々はもちろん、地面を覆う色とりどりの落ち葉の小道も趣が深かった。桜の季節の花筏《はないかだ》も風流だけれども、こちらも捨て難い。

踏みしめるたびに立つ微《かす》かな音が、冬の到来が近いことを教えてくれている気がした。

「紅葉見には毎年来るが、今年はいちだんと鮮やかだ」

「左様にございますか」

「よもや、初めてではあるまい?」

「幼き頃に家の者と参りました。ここは初めてですが」

「一度だけか」

「…わたくしは、外出をあまり好みませぬゆえ」

苦笑ぎみに答えた途端、彼が立ち止まった。つられて佇《たたず》んだ匡深に、殊勝な顔つきで『今日も楽しくないか?』と訊《たず》ねられて否定する。

「滅相もございませぬ」

「私と参ってよかったか?」

「御意」

「まことだな」

「はい。連れてきていただき心より感謝しておりますし、中務卿の宮様でなければ、誘い自体を受けておりませせぬ」

「そうか」

一転、うれしげな面持ちになられて、なんとも心が和んだ。

再び歩を進めてほどなく、怪訝《けげん》そうな声をあげた陽仁に眉《まゆ》をひそめる。

「いかがなさいました?」

「あそこに誰か蹲《うずくま》っておる。行ってみよう」

「……」

躊躇《ためら》う匡深をよそに、そちらへ向かった背中を早足で追いかけた。そこにいたのは、直衣《のうし》姿の老人だ。

間近で顔を見て誰だかわかったらしい彼が、親しげに声をかける。

「九条《くじょう》殿であったか」

「此方《こなた》は中務卿の宮様。久方ぶりにございます。…失礼ながら、そちらは?」

「お初にお目にかかります。日野匡深と申します」

「おお、図書頭だったかな。祖父殿はご健勝でいらっしゃるかの」

「はい。壮健すぎるほどに」

「それは重畳《ちょうじょう》」

自分へも折り目正しく挨拶《あいさつ》されて、慇懃《いんぎん》に返す。

名前を耳にした匡深が脳裏で男性の素性を手繰った。たしか、先代の治部省《じぶしょう》の長官を務めていた九条兼世《かねよ》だ。

すべてを嫡男の公世《きみよ》へ譲った現在は、隠居生活を送っているとか。公私ともに清廉潔白な人格者で知られた権力に固執しない稀有《けう》な人だと聞く。

公卿の中において、典深が好意的に語る唯一の人物でもあった。実際に会うのは初めてなものの、気骨がありそうな人相だった。

それにしても、陽仁の交際範囲は広いとあらためて脱帽する。

その九条老も紅葉見に赴いたはいいが、景色に見とれて道のくぼみに躓《つまず》き、足を痛めてしまったという。

供の者に知らせようにも牛車までは遠く、往生《おうじょう》していたらしい。

事情を聞きながら、気の毒にと相槌《あいづち》を打っていた彼が『ならば』と切り出した。

「よし。私が連れて参ろう」

「中務卿の宮様？」

「さあ、おぶされ」

「なんと申されます!?」

「遠慮はいらぬ」

「お、お待ちください。畏《おそ》れ多いことにございます」

「気にせずともよい」

「左様な…」

泡を食う老体にかまわず、広い背を向ける。とんでもないと懸命に固辞するのを宥《なだ》め、行啇に手伝わせて小柄な身体を背負ってしまった。

恐縮しきりの九条老の気持ちが、匡深には痛いほどわかった。反面、困っている人へ迷わず手を差し伸べる陽仁に胸が温かくなる。

誰とも分け隔てなく接するのみならず、親身になれる志《こころざし》が尊い。

牛車に送り届けられた九条老も、丁重に幾度も礼を述べていた。

「後日、あらためて御礼に伺わせていただきます」

「かまわぬ。それより、早く帰って手当てをいたせ」

「御意。…して、中務卿の宮様はいつならご在宅でしょう?」

「だから、礼はいらぬと申しておる」

「そうは参りませぬぞ」

「九条殿」

和やかなやりとりにも、頬がゆるみかける。しまいには、頑固な老人に根負けして訪問日を約束させられていた。

九条を見送って散策に戻った匡深が、なにげなく隣を見る。視線に気づいた陽仁がなんだといったふうに首をかしげた。

「匡深？」

「いえ。なにも」

「なんでもないという顔には、とても見えぬ」

「失礼いたしました」

「謝らなくていいから申せ」

ごまかしや、だんまりを決め込むのは許さないと催促される。

あえて言うほどの内容でもないのにと困ったが、急《せ》かされて告げた。

「どなたにも、お優しくていらっしゃるのだなと」

「！」

情の厚さに感動したとつづける直前、なぜか悪戯《いたずら》っぽい面持ちをされた。顔を覗《のぞ》き込むように身も寄せられて、躱《かわ》す暇《いとま》もなく腰へも腕が回ってくる。

歩きながら抵抗するも、離してもらえなくて溜め息を呑《の》み込む。

「中務卿の宮様、人目がございます」

「なんとも愛らしいやつだな」

「ですから…」

「妬《や》いておるのか」

「え」

「心配せずとも、そなたを凌《しの》ぐ者などおらぬ。私の恋しい相手は匡深ひとりゆえ」

「……………」

浮かれた口調での台詞《せりふ》に、勘違いされたと悟った。そんな意味の発言ではないので早急に誤りと正すと、ものすごく残念そうな表情になった。

「違うのか？」

「はい。慈しみの心に感銘を受けたという意図にて。なにより、そのような中務卿の宮様が多くの方々に好かれるのは当たり前かと存じますので」

「私はそなたに嫉妬《しっと》してほしいのだ」

「そう仰せられましても…」

「私を独り占めしたくはないか？」

「……はあ」

陽仁に心を寄せる者が幾人といるのも事実だろう。身分のみならず、端整な容貌《ようぼう》と朗らかな性格は誰をも引きつける。

そういう彼を独占しようなどと、大それたことは努々《ゆめゆめ》思わなかった。

「私への恋心はまだ生まれていないと申すか」

「…中務卿の宮様」

「正直に答えよ」

「……っ」

欠片《かけら》もないかと問われて首肯すれば嘘《うそ》になるし、好意は持っている。そうでなければ、幾夜も肌を重ねたりはしない。

ただ、初めての感情だけにこれが恋情なのか、いまひとつわからなかった。

陽仁が匡深以外に目を向けても、本来あるべき男の性《さが》だと考える。それ以上に、自分には生きている限り全うしなくてはならぬ使命があった。

ひとたび『時渡り』の異能を行使すれば、命を落としかねない存在だ。こういう身の上で、誰かに恋をしていいのかという疑問も湧《わ》いた。

身体の関係だけとか欲望の処理と割り切って考えられたらいいが、彼の純粋な想いの前では無理だ。

こんなふうに心が掻《か》き乱されて、『時渡り』に差し支えたらとの懸念も大きかった。

しかし、それらについては説明できない。ゆえに、求愛に対する返事を折々に求められても、匡深は返答できずにいた。

目線を伏せる間際、溜め息とともに陽仁が言う。

「すまぬ。急ぎすぎたな」

「…いいえ」

気まずくなりかけた空気を払拭《ふっしょく》するように、離された手で肩を軽く叩《たた》かれた。いつもの微笑に救われる。

「まあ、さらなる手間と暇をかけて私の想いを伝えよう」

「中務卿の宮様」

「容易《たやす》くは靡《なび》かぬのも、そなたの美《うま》しところだ」

「……」

気分を害すでもなく、今回も寛大な態度を取られて心苦しかった。

これこそが、いわゆるせつなさとは想像もしえぬまま唇を噛《か》む。そうして、ひととおり紅葉を見て帰途に就いた。

左大臣邸に到着し、陽仁は例のごとく匡深が牛車を降りるのに手を貸してくれる。

別れ際、胸元から取り出した懐紙《かいし》を手渡された。

「なんでございますか？」

「そなたの乳兄弟に土産《みやげ》だ」

「！」

「見てみよ」

「……あ」

折りたたまれた懐紙の間には、いつの間に拾っていたのか数葉の紅葉が挟んであった。

行き届いた思いやりに胸を打たれて言葉を失っていると、なおも言われる。

「そなたにも、今日の思い出になればとな。では」

「お待ちください」

「なんだ?」

「その…」

踵《きびす》を返しかけた彼を、匡深は無意識に引き留めてしまった。格別な思惑もなかったため内心で焦ったが、今さら取り消すわけにもいかない。

ひどく優しい眼差しと視線が絡み、礼を告げるだけのつもりが別のことを口走った。

「もしよろしければ、お休みになっていかれませぬか」

「よいのか?」

「はい。中務卿の宮様も、お疲れかと存じますので」

「そうだな。実は、私もまだ別れ難かった」

「……っ」

「申し出に甘えよう」

「…御意」

寄り道の勧めを承諾されて、後悔と安堵《あんど》の情が入り混じった。それをひたすら心の奥底に押し隠してやりすごす。

舎人《とねり》らは二条院へ帰し、行喬もいったん戻って馬で迎えにくる運びとなった。左大臣邸に仕える者たちも、淑望を筆頭に慌ただしくなる。

母屋《もや》に迎えるはずが、匡深の私室が見たいと所望されてそちらへ通した。

淑望によれば、潔深はまだ帰っていないらしくてなんとなく安心する。あの様子では、陽仁を歓迎しないのが容易に想像できるからだ。

土産の紅葉の葉を見た乳兄弟は、彼の心遣いにいたく感激していた。次回は一緒にと誘われたので、なおさらだろう。

「ここが、そなたの居室か」

「いささか殺風景にございますが」

「身近な者以外で参ったのは、私だけか？」

「ご明察のとおりにて」

「ほう」

上機嫌で物珍しげに室内を見回され、苦く笑う。

淑望が下がり、いつもは自分がいる場所に陽仁が座っているのを妙に感じつつ、己もその近くに座して今日の諸々《もろもろ》に謝意を表す。

「もったいないお心遣いを賜りました」

「すべて、私がそなたのためにしたかっただけだ。礼には及ばぬ」

「中務卿の…」

名を呼びかけた匡深の口元が、伸びてきた人差し指でそっと押さえられた。

違うと目線で諭されて言い直す間際、下唇を撫《な》でられる。密《ひそ》かに動じて俯《うつむ》きかけたら、もう片方の手で二の腕を摑《つか》まれ、抱き寄せられてしまった。

「あ！」

「匡深」

性急かつ大胆に、衣の上から肢体を弄《まさぐ》る彼に焦る。抗いの甲斐《かい》なく、早くも指貫《さしぬき》の隙間《すきま》から素肌へ大きな手が触れた。

塞いでくる唇をなんとか振り切り、必死に制する。

「なりませぬ。陽仁様」

「なにゆえだ」

「ほどなく、弓削殿がお迎えに参ります」

「待たせておけばよい」

「な……んっう」

直接、陰茎を握り込まれて呻《うめ》いた。すでにどこが弱いかを把握されているので逆らえず、抵抗が鈍る。

陽仁の胸元に左頬をつけて喘《あえ》いでいると、眼帯の紐《ひも》がほどかれた。

「やっ……陽仁、様!?」

「素顔のそなたが見たい」

「ん…っ」

「匡深」

戸惑いごと、残る衣も手向かいを躱して巧みに乱され、組み伏せられてしまう。この間も愛撫《あいぶ》は如才なくつづいていて、呼吸は上がっていく一方だった。

「っあ…あ、あぁ……おやめ、くださ…」

「どうすれば、そなたの身も心も手に入るのだろうな」

「！」

首筋に顔を埋《うず》めたまま、唐突に囁《ささや》かれて身じろぐ。

こめかみから頰へ這《は》ってきた唇が、匡深の上唇をやんわりと嚙んでつづけた。

「いつになれば、そなたと相愛になる？　やがては、私を恋い慕っているとこの唇で告げてくれるか。それとも、恋路の闇《やみ》にいくら迷おうと、恋水《こいみず》で毎夜袖《そで》を濡《ぬ》らそうと、左様な日は常《とこ》えに訪れぬのか」

「…陽仁、さ…ま」

「こんなにも苦しい恋は初めてなれど、あきらめられぬ」

「ん、んうっ」

まさしく『恋《こ》い乱《みだ》る』だと狂おしげに呟《つぶや》いて、吐息を奪われる。

己の定まらぬ態度が本当は陽仁を悩ませていると知り、胸が焦がれた。かといって、突き放せる気概もない。

込み入った事情があって真意も話せない分、どうにもできなくて匡深も弱り切った。

こうなると、激情をぶつけられても拒めなかった。彼の気がすむようにしてやりたい気持ちはあれど、一方で含羞《がんしゅう》が邪魔をする。

鬩《せめ》ぎ合う両者の間で惑う匡深の耳へ、渡殿《わたどの》を歩いて近づいてくる音が聞こえた。おそらく、淑望だ。

一瞬で羞恥心《しゅうちしん》が勝り、覆いかぶさっている胸板を叩く。

どうにか唇を振りほどいて、言い募った。

「お退《の》きになって、くださいませ。人が…参ります」

「この邸《やしき》の者にならば、知られてもかまうまい」

「陽仁様っ」

さきほどの思い詰めたような顔色《がんしょく》が薄まったのはいいけれど、おもしろそうに双眸《そうぼう》を輝かせての言に眩暈《めまい》を覚えた。

ここが二条院であれば、あきらめもつく。または、匡深がほかの貴族と変わらぬ生活を送っていたら話は違った。こういった事態はこれまで一度もなかったので、たとえ陽仁との仲を知られていようと、実際に目の当たりにされるのは複雑な心境だ。

そこで、ふとひらめいた。よもや、これは想いをはっきりさせない自分への意趣返しではあるまいか。

欲望に正直な彼の気質と思えなくもないが、なんとも疑わしい。

果たして、控えめに確かめたところ、あっさり認められた。

「否定はせぬ」

「そん、な…」

「私を振り回すそなたが悪い」

「左様なつもりは……っあ」

毛頭ないと誓うも、手は止まらなかった。もうほんの間近まで迫っている足音に焦慮し、陽仁へ取り縋《すが》る。

「お願い、で……ござい、ま…す」

「ならぬ」

「どうか…っ」

「失礼いたします」

「！」

懇願に少し遅れて、淑望が声をかけてきた。

今は几帳《きちょう》越しとあって見えないものの、室内へ入ってこられると丸見えになる。もしかしたら、脱がされて散乱する衣の一部がはみ出していてもおかしくなかった。

さすがに狼狽《ろうばい》しながらも、どうにか取りつくろおうとした。

「よろしいでしょうか、匡深様」

「っ……」

しかし、陰茎を揉《も》む手が淫靡《いんび》さを増し、危うく嬌声《きょうせい》を漏らしかける。すんでで堪《こら》え、やめてくれるよう小声で囁いたが聞き入れられなかった。

ならばと強硬手段に訴えて身を反転させた瞬間、訝《いぶか》しげに再び淑望から名前を呼ばれる。

返事をする寸前、長い腕が腰に回され、胡坐《あぐら》をかいた陽仁の膝《ひざ》へ背中から抱き込まれた。はだけた衣のまま、脚の間を弄《いじ》られてうろたえる。

「っふ、ぅ…」

「匡深様?」

「あ……ぁ、く…っ」

「いかがなさったのでございますか?」

「き、来ては……ならぬ!」

「えっ」

今にも様子を窺《うかが》いにきそうだった淑望を、なんとか足止めした。

困惑めいた雰囲気が伝わってきたけれども、詳細を話せる状態ではない。その場で用件を述べるよう匡深が命じるより早く、陽仁が口を開いた。

「淑望。かまわぬゆえ、近くへ参れ」

「……御意」

「陽仁様っ」

真逆の命令に躊躇いを見せるも、彼に従って進み出てくる。瞬時、視線が合った淑望は素早く事態を捉《とら》えたらしかった。

慌てず騒がず頭を下げ、『お取り込み中に申し訳ございませぬ』と前置きして、おっとりと告げる。

「畏れながら、申し上げます」

「!?」

主人がなにをされているか一目瞭然《いちもくりょうぜん》だろうに、落ち着きぶりたるや堂に入っていた。二条院での行啓も然《しか》りだ。これぞ側近のあるべき姿と承知でも、不慣れな匡深はいたたまれなかった。

背後にいる陽仁の左肩口に、頭部のやや左側を擦《こす》りつけて顔を背ける。

この状況でも蠢《うごめ》かされる手が恨めしいが、反応してしまう己はもっと癪《しゃく》だった。かろうじてまとう小袖で、蜜《みつ》が滴《したた》るほどに反り返って淫らに震える脚の間が隠れているのがせめてもの救いだ。

声を押し殺すのにせいいっぱいで、もはや淑望と受け答えもできない。それも推し量ってか、自分ではなく彼に話しかける。

「中務卿の宮様、おつきの方がおみえになられました」

「そうか。少し待つよう言伝《ことづて》を頼む」

「畏まりました。……あの」

「うん？」

「こちらを、弓削殿よりおあずかりいたしたのでございますが」

「ほう」

なにかを引き寄せたような衣擦《きぬず》れの音が聞こえた。中を開けろと言いつけられた淑望が服従する気配のあと、陽仁が小さく笑う。

「なるほど、着替えか。気が利くやつだ。では、忌憚なく匡深を可愛《かわい》がるとしようか。淑望」

「はっ」

「しばらく、行啇の相手をしてやってくれ」

「承りました。…隣室にて控えておりますゆえ、なにかございましたらお呼びくださいませ」

「うむ」

「あ……ぅ」

匡深抜きで滞りなく進む話に、もの申したくも叶《かな》わない。

淑望の退出後、陽仁の手にさらなる熱がこもった。耳朶《じだ》や首筋を甘噛みされながら、うっすらと紅潮した肌を絶賛される。

「今し方、見てきた紅葉よりも美しいな」

「やっ、ああ…ん」

「私の手で色づかせたそなたを、いっそ邸の奥へ閉じ込めてしまいたい」

「……陽、仁様…っ」

「この涙も、髪一筋に至るまで、そなたのすべてがほしい」

日野家の者ではなく、『時渡り人』でもない。ひとりの人間として求められていると強く実感できて、心が千々《ちぢ》に乱れた。

彼へ応《こた》えたい想いが俄《にわか》に胸の奥底で芽生える。なれど、一族のしがらみや己のさだめが脳裏をよぎって歯止めとなり、逡巡《しゅんじゅん》を払えなかった。


「お帰りなさいませ」

「うむ」

出仕を終えて自邸に帰った匡深は、出迎えた淑望に手伝われて着替える。

帰宅したら、束帯から直衣か狩衣姿になるのが日常だ。晩秋の冷たい雨に濡れてはなおさらである。

朽葉《くちば》色の直衣を着つけながら、淑望が息をついた。

「手足が少々冷えておられます。火桶《ひおけ》を持って参りましょうか？」

「いや。そのうち温まるだろう」

「左様にございますか。お身体もよい加減におなりのようで安心いたしました」

「……ああ」

他意のない発言とわかるが、ばつが悪い。陽仁に刻まれた愛咬《あいこう》の痕《あと》が残る肌を見られるのも、まだ若干抵抗があった。

淑望はといえば、匡深の初の恋路に好意的だ。相手も申し分なく、匡深への寵愛《ちょうあい》が眩《まぶ》しいところも好ましいとか。

陽仁はさすがに目が高いと、側近馬鹿ぶりを発揮されて苦く笑った。

「それにいたしましても、よく降りますね」

「まったくだ」

「このような日和《ひより》は、生まれて初めてです」

同感だと嘆息を漏らす。紅葉見へ出かけた翌日に降り出した雨は、すでに二日間間断なくつづいていた。

夏は日照りが多かったせいもあり、当初は恵みの雨とよろこんだ。しかし、土砂降りと小雨が繰り返し絶え間なしに降るので道はぬかるみ、牛車の往来すらままならなくなっている。田畑も水浸しになっているらしかった。

収穫を控えた農作物には大打撃で、最小限の被害で食い止めようと必死だ。

これで川が増水して洪水ともなれば、さらに事態は深刻になる。一刻も早く雨が上がってくれという祈りも虚《むな》しく、翌日も雨だった。

「五月雨《さみだれ》でもあるまいに、困った空模様だ」

「はい」

「長くても一日で吹き抜ける野分《のわき》のほうがましかもしれぬ」

「まことに」

宮中で偶然鉢合わせた陽仁との会話も、天気についてだ。

帝を補佐する役目上、彼もこの状況を憂えている。怪我《けが》による束《つか》の間《ま》の休息も返上し、有事に備えて自主的に内裏へ詰めているらしかった。

おそらく、政へ打ち込む帝が心配でならないのだろう。

蛇足ながら、左大臣《ひだりのおとど》の父もここ数日は毎日、難しい顔つきで出仕して遅くにしか帰ってこない。天候は人知の及ばざる領域にしろ、もどかしかった。

疲労を滲《にじ》ませる息をついた陽仁に、匡深が遠慮がちに言う。

「お忙しいのは存じておりますが、主上《おかみ》ともども、どうぞご自愛くださいませ」

「あまり健気《けなげ》なことを申すな。そなたに触れたくなる」

「なりませぬ」

そこは真顔で即答した途端、噴き出された。肩を揺らして笑う姿に、なにがそんなにおかしいのかと首をひねる。

このときは、宮中に漂う不穏な空気をまだ知らなかった匡深だ。

いつもと変わらぬ自分の言動で、彼がひどく和まされたとわかるはずもない。ほどなく笑いをおさめて、やわらかい面持ちで述べられた。

「戯言《ざれごと》だ。なれど、小声でよい。私の名を囁いてねぎらってくれぬか」

「中務卿の宮様…」

「それで、疲れも吹き飛ぶ」

「…左様な仕儀にでございますか？」

「無論だ」

胡散臭《うさんくさ》いと視線で申し立てたが、屈託のない笑顔でうなずかれる。

甘えた言い分に呆《あき》れるも、そのくらいでいいのならと思い直した。現状にて自分が直接手を貸せる事柄もないので余計だ。

内密な話をする要領で耳元へ顔を近づけた刹那《せつな》、くるりとこちらを向いて唇を啄《ついば》まれた。

「！」

「よし。これで気力が漲《みなぎ》った」

「……お話が違います」

騙《だま》し討ちは感心せぬと仰《の》け反《ぞ》りかけた身に、なおも手を添えられて引き留められてしまう。左の肩口に額を置かれ、陽仁の腕の中にやんわりと閉じ込められた格好になった。眼前の胸元へ両手をついて押し返す直前、ひそめた声が呟く。

「少しの間でよい。そのままで」

「なれど」

「この機に乗じて、なにか起こるのではあるまいかと気を揉む」

「……っ」

「杞憂《きゆう》であってほしいが」

「中務……陽仁様」

真剣な声音と内容に胸が騒いだ。匡深もまさにそれを懸念していたが、陽仁もそうだったのだ。今の騒動につけ込んで、久我氏がなんらかの行動に出ても不思議はない。

敵方にとっては、むしろ絶好の機会といえた。

「例の件も含め、此度《こたび》の大雨で私などより主上が憔悴《しょうすい》し切っておられる。いつお倒れになるかと心配でたまらぬ」

「……お察し申し上げます」

次兄の長仁とふたり、可能な限り支えているつもりでも帝の重責は計り知れないものだ。結果的に、力になれていない己が歯痒《はがゆ》いとこぼしつつ、匡深の腰を引き寄せた腕に力を込めた彼の背中をおずおずとさする。

抱きしめられているけれど、どこか縋るようにされて庇護《ひご》欲が湧いた。きっと、帝やその周りの人々を励ます役回りで、弱音を吐けないのかもと推量する。

皆を勇気づける当人も、誰かに慰められたいはずだ。その役割が自分などでいいのかと思うも、慎重に言葉を選ぶ。

「弟宮方《おとうとみやがた》の存在に、主上は救われていらっしゃるのではないでしょうか」

「…まことか？」

「なればこそ、この難局にも立ち向かわれる意気をお持ちになりつづけておられるかと」

「……そうなのだろうか」

「わたくしは左様に推察いたします。陽仁様は、もう充分すぎるほどにご尽力なさっておいでで ございます」

「………」

たとえ気休めにしかならないとしても、言霊《ことだま》を込めて言った。

陽仁をいたわりたい一心で背も撫でつづけていると、落ち着いたのか抱擁がとかれる。匡深の肩から顔も上げた彼と目が合った。

少しほころんだ口元が額に押しつけられて、眉をひそめる。

「陽仁様…」

「匡深がそのように申すなら、私も信じて頑張ろう」

「…御意」

とりあえずは気を取り直せた様子なので、不問に付す。

取り急ぎの措置にて、陽仁が帝の補佐で手を離せない間は匡深が久我氏を再調査することも決めた。

その矢先、雨が小降りになったと見回りにいった役人が、ついに氾濫《はんらん》した川に呑まれてしまった。このひとりのみならず、近隣に住む民にも幾人か犠牲が出た。

降り出しから四日後、ようやく雨はやんだが、水が引くまでさらに数日の時間がかかった。

被害状況の視察と復旧に関しての話し合いなどが目下の急務となる。

もとどおりとはいかずとも、概《おおむ》ね普段の生活に戻りかけた頃、今度は急激に空が暗くなって生暖かい突風が吹き、大粒の雹《ひょう》が降った。

そればかりか、季節外れの雷鳴も轟《とどろ》く。京は遠雷ですんで胸を撫で下ろすも、伊勢の斎宮に雷が落ちて火の手が上がったとの知らせが早馬《はやうま》にて御所に届いた。幸い、小火《ぼや》騒ぎで大事には至らなかったとか。

ところが、相次ぐ自然災害に人心《じんしん》は惑った。

斎宮への落雷を神仏の怒りと取ったのだ。以後、帝の治世に問題があるのではという噂《うわさ》が宮中で再燃し、巷《ちまた》でも囁かれ始める。

匡深の耳へも入ってきたものの、取り合わずにいた。けれど、この日、出仕から戻った父の台詞に事の重大さを知る。

「譲位ですって!?」

「然り」

「なにゆえですか」

「夏よりつづく天変地異は、主上の悪政が招いたものと考えられる。よって、責を取っていただきたいのだそうだ」

「……っ」

朝議の席で、数名の公卿がそれを理由に帝へ退位を勧めたと聞いて瞠目《どうもく》する。

ありうる展開にせよ、進退を決めるのは帝自身である。よほどの暗君《あんくん》ならいざ知らず、その意向を汲《く》まずに臣下が率先して責任を問うなど言語道断だ。

無礼を通り越し、越権行為に当たると眉を曇らせた匡深が不意に思いついた。

向かいに座る潔深を、静かな眼差しで見つめて訊ねる。

「中心人物は、久我篤実ですか」

「いかにも。中立派の貴族らを巻き込んでいるのが巧妙だな」

「して、主上は？」

「お返事は保留なさった。近々《きんきん》にお答えは出すとの仰せであったが、たび重なるご心労でお心が弱っていらっしゃるゆえ、かなり迷っておられるご様子だ」

「…左様でございますか」

風雲急を告げる状況に、内心とても穏やかでいられなかった。

帝はもちろん、兄想いの陽仁がどんな心地でいるかと胸が潰《つぶ》れる。もしや、こういう憂慮を内に秘めての先日の有様だったかもしれないと唇を噛んだ。

そうと知っていれば、ほかに言い様があったのにと悔やまれる。

翌日、珍しく匡深のほうが宮中にて彼を捜して会ったが、暗い顔つきだった。

「やはり、久我が仕かけてきた」

「はい」

しかし、よもやの正面切っての攻勢だ。あながち間違った主張でもないので、帝側は反論も満足にできず苦境に立たされている。

「どうすればよいのだ。講ずる手段がない」

「中務卿の宮様」

「とは申せ、なんとか現状を打破せねば」

焦りの色が見える陽仁を宥めたが、通常出仕の傍ら、彼自らも久我氏を探り始めた。とはいえ、元々手がかりがなく、調べるにも限度があった。

ふたりで手分けして血眼になって砕身したものの、決定的なことはなにも出てこない。しかも、この三日後には路仁が発熱により寝込んだとの一報が入った。

匡深が早速見舞いに訪れると、麗景殿からは活気が失せていた。

悲愴《ひそう》な面持ちでつき添っている築子が痛ましい。薬師《くすし》に診せても熱の原因はわからず、薬湯を飲ませるも回復しないという。

高僧による平癒の加持祈禱《きとう》もなされていたけれど、効果はないらしかった。

自らを顧みずに看病しているのだろう彼女を察し、少しは休むよう窘める。

「女御様までお倒れになられて、主上のお心を煩《わずら》わせてはなりませぬ」

「なれど、兄上…」

「宮様は、しかとご快癒なされます」

「…ええ。そうでございますわね」

「御意」

後ろ髪を引かれた様相ながらも、築子は女房と看病を替わった。そこへ、陽仁がやってくる。

あらかじめ示し合わせていたわけではない。

水害の事後処理と久我氏の探査で、ただでさえ多忙を極める彼とは逢瀬《おうせ》もままならずにいた。

ゆえに、訐らずも訪問が重なっただけだ。

数日前よりいっそう沈んだ表情に、匡深も胸が詰まった。

「匡深も参っておったか」

「はい」

「どうだ?」

「………」

思わしくないとかぶりを振り、簀子に聞いた病状を話す。

譲った枕元《まくらもと》に座った陽仁が、自分が看ているからと女房を遠ざけた。そして、路仁の小さな手を握り、隣に座す匡深へ述べる。

「隙をつかれたな」

「え?」

「過日の大雨に際し、主上は陰陽頭《おんようのかみ》をはじめ陰陽師《おんようじ》全員を京の守護に回されていたのだ」

「!」

「せめて、陰陽頭は主上周辺の盾に残してはどうかと申し上げたのだが、只《ただ》ならぬ事態だからと仰せになられた。当然ながら、宮様の護《まも》りも手薄になった。…その件でも、主上はご自身を責めていらっしゃる」

「左様にございましたか」

そういう事情では、陽仁の言うとおり路仁の病は敵方の呪詛《じゅそ》による線が濃厚だった。

先日、侍読の任で訪れた折は、元気いっぱいで体調を崩す前兆はなかったゆえに得心がいく。路仁までがこうなっては、八方塞がりだ。いちだんと気弱になった帝は、譲位へ一気に心が傾きかねない。

表と裏の両方から攻めてくる久我氏に、帝の周囲は切羽詰まった状況に追い詰められてしまった形だ。

「主上だけでなく、宮様もお護りできないとはなんと情けない」

「中務卿の宮様…」

「お小さくていらっしゃるのに、こうも苦しまれて。おいたわしい」

「………」

「私は、大切な方々にまたなにもして差し上げられぬのか」

「……っ」

熱に浮かされる幼い甥を見つめて、陽仁が自らの無力さを嘆く。その悲痛な心の叫びは、匡深へも如実に伝わった。

大事な人々を再び失うやもしれぬ予感に打ちひしがれる姿に胸が痛む。同時に、いつも誰かを想って心を砕く彼のためならば、自分にまであれほどの情を傾けてくれるこの人のためならば、身を捨ててもいいと思えた。

そもそも、法楽寺で刃《やいば》から庇われた記憶も新しい。先に命を擲《なげう》ってくれた恩を、今こそ返すべきときだろう。

もう時間がなく、絶体絶命の危機との認識もある。しかし、帝や路仁の助けになりたいわけではなかった。あくまで、陽仁に報いたい気持ちしかない。彼が尊重するものだから、それごと護りたいだけだ。

なにより、『時渡り』を義務感なしに、己の願望として行うと決めたのはこれが初めてだ。

こんな力さえなかったら、右目も見えて普通に生きられた。常々そう疎んじてきたが、陽仁の役に立てる異能者でよかったと今は前向きに捉えられる。

自分のような者でも、誰かのためになにかしたいと心から願えた事実が、意外ながらもうれしい。そう思わせてくれたことにも感謝する。

ずっと惑っていた求愛への、匡深なりの応えでもあった。

万策尽きたと焦《じ》れる彼に、意を決して静々と声をかける。

「中務卿の宮様」

「なんだ」

「折り入ってお願いしたい儀がございます」

「願い？」

突然の申し出に、なにも今でなくてもと訝られた。尤《もっと》もな指摘と胸中で苦笑を漏らすも、ぜひにとなおも言い募る。

やがて、気が進まないといったふうな溜め息をつきつつ、渋々と促された。

「申してみよ」

「はい。わたくしを、急ぎ二条院へ連れていっていただきたいのです」

「…ふざけておる場合ではないぞ」

「あいにく、正気にて」

「いかな私といえど、そなたと戯れる心境にはならぬ」

「左様な目的ではございませぬ」

「では、なんのためだ？」

胡乱《うろん》げな視線を真っ向から受け止める。すべてをここで詳《つまび》らかにできないため、簡潔に説得を試みた。

「今の有様を、変えてご覧に入れます」

「なんだと？」

「もはや、一刻の猶予もなりませぬ。必ずや、中務卿の宮様のお力になるとお約束申し上げます。何卒《なにとぞ》、お聞き届けください」

「………」

「切に、お願いいたします」

陽仁の目をまっすぐに見遣って訴え、事情も追って話すとつけ加えた。とにかく、『時渡り』

には誰の邪魔も入らない静かな場所が必要だ。

本当は自邸でいいのだが、過保護な父に止められかねないのを警戒した。

帝が退位を迫られた時点でも匡深を出し惜しんでいたので、どうにも怪しい。いざとなれば、実力行使で久我氏と対峙《たいじ》する腹づもりなのだろう。

心遣いはわかるものの、それでは一族のためにならない。その点、二条院なら落ち着いて異能を行使できる。

陽仁に諸々の説明義務は生じるけれど、背に腹はかえられなかった。

「なにか打開策があると？」

「御意」

「…わかった。参るぞ」

「はっ」

しばしの沈黙ののち、匡深の真摯な態度が通じたのか承諾される。

速やかに麗景殿を退出し、二条院へ向かった。いつもの母屋に通されてすぐ、書くものを用意するよう頼む。

怪訝そうな顔をしながらも、行啓に申しつけてほどなくそろえてくれた。それらを彼の前に置いてもらうと、なおも不審げに眉をひそめられる。

状況的に詳細を話す暇《いとま》すら惜しいので、前言を翻して省いた。

「委細はのちほどお耳に入れますゆえ、入用《いりよう》な事柄のみお話しいたします」

「ん？」

「申し訳ございませぬが、これから御前にて、たとえどのようなことが起ころうとも驚かずにいていただきたく存じます」

「なにが起こるというのだ？」

「…重ねてのお願いで恐縮ですけれども、合図して以後はいっさいわたくしへ話しかけず静かになさっていてくださいませ。そして、わたくしが語る内容をできる限り詳しく、そちらの紙に書き留めていただきたいのです」

「匡深？」

あえて問いには答えず、要望だけ淡々と告げる。書の道具と匡深を交互に眺めて不思議そうに首をかしげる陽仁を、つと見つめた。

これが今生《こんじょう》の別れになるかもしれないと思い、胸が締めつけられる。この期に及んでようやく、とうの昔に恋に落ちていたと認めた。

気づくのが遅いと嘆息しかけるも、自覚できたのは意義深い。

短い間だったが、彼と過ごした日々が脳裏へ浮かんでくる。

初めてのことが多くて当惑しどおしながらも、楽しい思い出ばかりだ。すべてをあきらめ、無色だった匡深の人生に鮮やかな彩りが添えられた。

過去をどれだけ振り返っても、こんなに充実していたときはない。

たしかに、恋をしたら心が乱れるけれど、恋しい人のためなら強くもなれると知った。

無論、二度と会えなくなったならと考えるとせつない。前回の『時渡り』では無事に帰還できたものの、今回はわからないゆえなおさらだ。

事態の複雑さや敵方の綿密さから鑑《かんが》みるに、簡単にはいくまい。

実のところ、意識を時空へ飛ばす時間が長くなればなるほど、必然的に命にかかわってくる。場合によっては抜け出た意識、つまり魂《たましい》が身体へ戻れなくなり、時の流れに永遠に漂いつづける。

要するに、目覚めないまま死ぬ。身体と魂が離れていられる期間、即《すなわ》ち意識不明の期限は飲まず食わずで肉体が持つ三日間が限界だ。歴代の『時渡り人』の例を見ても、それ以上待って生還した者はいなかった。

限りなく危険な賭《か》けと承知でも、陽仁を護るにはほかに手立てはない。そう己に言い聞かせて最後につけ加えた。

「あと、わたくしが語り終えた際、わたくしになんらかの異変が生じようともかまわず、左大臣か太政大臣《おおきおとど》にお知らせいただけますと幸いに存じます。さすれば、彼らが万事よきに取り計らいましょう」

「もう少し、私にわかるよう話さぬか」

「以上、よろしくお願みいたします」

「匡深」

一方的に会話を切り上げた匡深がおもむろに片手を上げ、眼帯の紐をほどく。閨《ねや》をともにする相手であろうと、人前でこれを取ることをよしとしない自分を既知の陽仁が若干驚いた表情になった。

「どうした？」

「こちらの目に重要な用事がございますので」

「用とて、そちらは見えぬのであろう」

「はい」

「ならば、なにゆえだ」

「…真実を視《み》るために」

「なにを申しておるのだ？」

「………」

わけがわからないというように顔を顰《しか》められて、無言で返す。

現時点でも結局、仔細《しさい》は言えぬと判じた。理解してもらうのに時間がかかる上、仮に制止されても困る。否、捨て身と聞けば、この優しい人は絶対に止めるだろう。

新たな苦悩の種を蒔《ま》いて彼を苦しめるくらいなら、黙ったままでいたほうがいい。

事後処理と釈明は父と祖父へ丸投げだが、それが一番確実だ。日野家最大の秘密を知られるにせよ、陽仁は信用に足る。

いささか不満げな面持ちの彼に名を呼ばれた。

「匡深。いったい、どういう…」

「これから先は、お静かに」

「む」

外した眼帯を脇《わき》に置いた匡深が、唇の前に人差し指を立てて囁いた。憮然《ぶぜん》としながらも、素直に言うことを聞く様がとても微笑ましい。

向かいに座す陽仁を、見納めと胸に刻みつつしみじみと見遣った。

無意識に淡い笑みを浮かべて姿勢を正す。死出の旅路に就こうというわりに、怖さはまったくなかった。

恋しい人に役立てる誇りを胸に携え、別離の寂しさも抱えて最期と思《おぼ》しき言葉を紡ぐ。

「…数々の過分なご配慮、恐悦至極に存じました。どうぞ、陽仁様に置かれましては幾久しく息災であられますよう」

「?」

どういう意味だと訊かれるのを制し、胡坐を組んだ体勢で両手を膝に乗せた。表情を一転引きしめ、目を閉じて意識を集中する。

頭の中で、まずは行くべき時の流れをすべての発端の斎王・隆子が亡くなった約ふた月ほど前と定めた。そうして、ゆっくりと瞼《まぶた》を開いて虚空《こくう》を眺める。

幾許《いくばく》もなく、その瞬間は訪れた。己の身体と意識が分離するなんとも言い難い感覚だ。かといって、完全に切り離されたわけではなかった。

蜘蛛《くも》の糸程度の頼りなさながら、肉体を語らせるだけの繋《つな》がりはあった。『時渡り』とは、これが断ち切れるまでの時間との戦いである。言わずもがな、尋常ならざる無理を強いている双方への負担は絶大だ。

二度目とはいえ、自身を他者の目線で見る機会などないため、変な心境だった。身軽になったようでいて、ひどく心もとない。

もちろん、傍《はた》から見れば自分は普通に座っている。浮遊状態の魂に勘づく者は、徳の高い僧や能力に長《た》けた陰陽師にすらいなかった。

換言すれば、そのくらい頼りなく無防備な存在ともいえる。

大きくひとつ息をつき、進むべきところへ軽やかに移っていった。

間を置かず、匡深の周囲が一変した。なにもない景色になり、陽仁の姿も、室内の調度類なども、邸そのものもなくなる。

どこまでも暗闇が支配する静寂に包まれたこの異空間こそが、時の狭間《はざま》だった。

通常は見える左目が光を失い、右目の異能が機能し始めたのを感じる。十二年ぶりの違和感に戸惑ったのも束の間、早々に人影が映った。

「⁉」

真っ先に匡深の右目が視たのは、髪を削《そ》ぐ際に使う剃刀《かみそり》を自らの首筋へ当てた女人の姿だ。

まさに命を絶とうとする隆子にほかならず、全身が総毛立つ。華奢《きゃしゃ》な手が動く直前、小さな唇が何事か呟くのが見て取れるも、確かめる余裕などなかった。

「おやめください！」

届かないとわかっていたが、咄嗟《とっさ》に叫んでいた。

『時渡り人』は過去と未来の時の流れを自在に渡れ、そこの事象を視て聴けるものの、干渉はいっさいできない。ゆえに、隆子の自害をどれだけ止めたくとも不可能なのだ。

崩れ落ちていく姿を、なす術もなくただ見届ける。

「……斎王様…」

徐々に精気が失われていく様と痛ましさに、疼《うず》く胸を堪える。この悲しい結末に至る経緯を探るべく、気を奮い立たせてまた時をさかのぼった。

少し下りすぎたらしく、今度は斎王の穏やかな日常が視えた。非業の最期を遂げると知る分、やるせない。

帝にかわり、彼女は祈りに努める清浄な日々を過ごしていた。なんら変わった点は見当たらず、時間を上ろうと思った折だ。

そばつきの女房が寝所を整えて下がってしばらく経ってから、隆子のもとへ夜の闇にまぎれて男が侵入した。

帝の推察どおり、相愛の相手がいたのかと訝った。その者を人目を盗んで招き入れているのであれば、神をも恐れぬ所業というばかりか、帝への背信行為だ。しかし、彼女からはそんな甘い雰囲気は微塵《みじん》も感じられなかった。

男の存在にひどく取り乱し、逃げようと必死になっている。明らかに、見知らぬ男なのがわかった。

《誰か…っ》

けれども、助けを呼ぶ間際、口を手で塞がれてしまった。あとは、目を覆いたくなる場面になって匡深が顔を背ける。

隆子は無理やり穢《けが》されたと判明し、衝撃を受けた。動揺が冷めやらぬ中でも、使命を全うしなくてはと、視えている事実を離れた肉体に語らせる。

微動だにしなかった匡深がいきなり口を開いて、陽仁が仰天した気配がうっすらとだが感じ取れた。それでも、約束どおりに筆を運ぶのも察せられて安堵を覚える。

とはいえ、天皇の名代たる斎王を冒瀆《ぼうとく》するなど帝への謀叛《むほん》に等しい。まして、彼女は今上帝の妹であり、先帝の皇女という尊い血筋だ。そのような方に対し、いかなる理由にせよ許すまじき行いだろう。

抵抗も虚しく純潔を奪われた隆子へ、匡深も見覚えのない男がなにやら言った。
惨い状況に心痛しつつも、務めと視線を戻して耳も澄ます。
《この儀は、どうかご内密にお願いいたします》
《な……》
《おわかりでございましょうが、事が露見すれば、お立場上、大変なことになられます。主上にも顔向けできますまい》
《……っ》
ただでさえ蒼白《あおじろ》かった彼女の顔から、血の気がさらに引いた。
取り返しがつかぬ恐ろしくも罪深い出来事に打ち震え、さめざめとすすり泣く。しかも、男は女房たちに気取《けど》られぬよう隆子の身づくろいもすませるという抜かりなさだ。その上、悪夢は一度きりでは終わらず、以後も数日あまり繰り返された。
蹂躙《じゅうりん》される間、涙に暮れる楚々《そそ》とした隆子に心を動かされたのか、数回目に忍んできた男が囁く。
《そう泣かないでください。今後、あなたが斎王でなくなられても、わたしが妻に迎えて差し上げましょう。ご主人様にお願いすれば、どうにかなるはずです》
身の程知らずにも、内親王を娶《めと》るとの不遜《ふそん》な発言に匡深が眉をひそめた。
最上級貴族の日野氏にすら、皇女の降嫁《こうか》は稀《まれ》だ。皇族同士の婚姻はあれど、臣籍に嫁ぐ例は数

少ない。それなのに、思い上がりも甚《はなは》だしかった。
《…主人?》
《はい。名乗るのが遅れましたが、わたしはさるお邸に仕える雑色《ぞうしき》の狩野文之《かのふみゆき》と申します》
《……っ》
無位の従者に慰み者にされたと知った隆子が顔を曇らせる。
彼女の身分ではありえない事態ゆえに、さもありなんだ。その胸中はさすがにわかったらしく、男が慌てたように大丈夫だと言い添えた。
《なれど、直《じき》に貴族へ取り立てられます。なにせ、わたしの主人である篤実様は法皇様が後ろ盾でいらっしゃいますゆえ、おふた方の大願が成就なされたならば、必ず叶えてくださるかと存じます》
《……篤実様とは、中納言の?》
《左様にございます。久我篤実様にて。法皇様は、先々代の主上であらせられた萬仁様です》
「!?」
狩野と称した男の台詞に匡深が双眸を瞠《みは》った。篤実はともかく、萬仁法皇の名前に関しては意外すぎてしばし呆然《ぼうぜん》となる。
帝や陽仁、隆子にとっては祖父である彼がまさかと耳を疑った。
《……法皇様が……大願…?》

《ええ。こちらも、誰にも漏らさずにいてくださいますか》

《……》

曖昧《あいまい》にうなずいた彼女に、狩野が満足げに笑う。

元々口が軽いのか、隆子はすっかり手中に落ちたと看做《みな》したのか。あるいは、法皇が味方だという絶対的な安心感からだろうか。

それならば、皇女を妻に云々《うんぬん》という先の驕《おご》った言動にも納得がいった。

本来は顔を見ることすら叶わぬ高貴な女人に手が届いて自惚《うぬぼ》れてか、謀略について得意げに話し始める。

すべては、法皇と篤実が手を組んでの企てだった。

久我氏は長年、日野氏に取ってかわりたかった。帝位を退いても院政を敷いて権勢を振るいたかった法皇は譲位後、自らの権威が著しく低下して不満が募った。

誰もが、自分ではなく義兄たる太政大臣の顔色ばかり窺う現実に失望した。

しょせんは、典深の庇護により得ていた威権と思い知ったのだ。失意の中、数年前に仏門へ入るも、日野一門の権力が増すことに反感を覚えずにはいられなかった。けれど、不平を面へは出さずにいた。

貴族の頂点に君臨したい篤実と、威光を復権させたい法皇の利害が一致した格好だ。己の娘を四十歳以上も年の離れた法皇に嫁がせたのも、その一端である。

思惑どおり皇統を継げる男児が誕生し、左大臣に働きかけて親王宣下も受けた。

義理の叔父《おじ》に当たる萬仁の子だからか、その血縁関係を利用できると踏んだのか。もしくは、取るに足りぬと潔深は考えたのか、さほど難色も示されずに事は運んだ。

これで、篤実の孫になる秀仁《ひでひと》を東宮へ推す土台は整った。

あとは日野氏の失脚を虎視眈々《こしたんたん》と狙《ねら》ったが、うまくいかない。水面下にて様々な策を弄《ろう》すも、するりと躱される。

そうこうするうちに、なかなか世継ぎに恵まれなかった帝に待望の男子・路仁が生まれてしまった。しかも、日野家直系の娘で正室腹の子だ。このままでは、こちらの親王が東宮に据えられる確率が高い。

案の定、日野氏が後見で路仁の立太子の話が進み出した。無論、表立って異議を唱える者はおらず、法皇と篤実は直ちに狙いを変えた。

それが、天皇の名代として伊勢神宮に奉仕する斎王の隆子だ。

彼女の不祥事は、帝の権威失墜に繋がる。いわんや、ふたりは兄妹同士仲がいいと評判だ。実母が太政大臣の娘であり、左大臣の妹なのも功を奏すとの意図も働いた。

神に仕える斎王が密かに男と通じたとなれば、帝を糾弾できる材料になる。その子たる路仁の立太子問題へも影響は免れまい。

親族が起こした不名誉な問題ゆえに、日野氏の責任も問える。

彼らを一掃まではできずとも、盤石だった礎《いしずえ》に打撃は与えられる。この一件で帝の発言力が弱まり、秀仁を東宮にすれば、法皇とともに篤実が実権を握るのも難しくない。

近い将来、今上帝の退位と併《あわ》せて宮中の勢力図を塗り替えるのが最終的な目標だ。そのために、先代の陰陽頭の永峰《ながみね》も仲間に引き入れた。

十二年前、上皇が呪詛された事件で怨霊《おんりょう》を祓《はら》えずに任を解かれたことを、永峰は恨んでいたそうだ。自分の後任が太政大臣が薦めた三鞍と知って怨恨《えんこん》は日野氏と部下に向かい、今回の姦計《かんけい》へも加担した。

その怨讐《おんしゅう》は、まるで鬼にでもなったかのごとく相当なものだったらしい。元陰陽頭が復讐に燃えて負の力を増幅させていたとすれば、三鞍が手を焼いて当然だ。

ここで一応、狩野の証言の真偽を確認しようと、匡深は同じ頃の時を探って篤実の邸へ渡った。そこではなにも得られなかったが、次に飛んだ法皇の邸で両者の密会現場を押さえた。立場的な疑われにくさを利用していたとみえて、陰謀はこちらで話し合われていたようだ。永峰も匿《かくま》われており、周到にも法皇邸に結界を張り巡らせているという。

篤実の出入りがあっても、孫の話をしに訪れたと言いつくろえる。盲点を突いた手口だ。

彼らが交わす会話と、狩野の言葉に相違はなかった。ただし、狩野も最初から捨て駒《ごま》扱いなのが明白となる。

《あの雑色ときたら、すっかり貴族気取りですよ。法皇様》

《用なしになれば、口を封じられるとも知らずに哀れな男よ》
《手を下すのも面倒なので、我が邸の牢《ろう》に入れて飢え死にでもさせますかな》
《始末は任せる》
《畏まりました。片や、永峰は当分使えますな》
《まあ、役立つ間はあやつも飼い殺しにすればよい。憎い太政大臣を呪詛させるのも一興》
《大喜びでやるでしょう。なにしろ、己《おの》が務めを奪った張本人でございますゆえ》
《自業自得か。では、事が片づいたら早速試すとしよう》
《御意》
ほくそ笑む両者に、匡深は胸が悪くなった。祖父につづき父への怨嗟《えんさ》も聞くに堪えず、篤実邸へ渡る前にいったん戻る。
狩野の話を聞き終えた隆子も、愕然《がくぜん》としていた。いわば骨肉の争いに巻き込まれた状態は、身を切られるようだろうと推察する。兄と祖父の板挟みになり、自らも斎王の責務を真に果たせぬまま罪を抱えて暮らす毎日だ。
一方、三鞍のいう斎王の死にまつわる策略の核心は、すでに明白だ。けれど、隆子が自刃《じじん》に至った真相はいまだわからない。
当初に彼女を見た際、なにかを言っていたのも気にかかる。
そもそも、陽仁は末妹がなぜ死を選んだのかを知りたがっていた。たとえ、現状のつらさに耐えかねてのことにせよ、彼の願いを叶えるためにもそれをつきとめるまでは帰れまい。
これ以上の『時渡り』が危険なのは、重々承知の上だ。魂と肉体を結ぶ微弱な感覚がすでに辿《たど》りづらくなりつつあった。そのせいか、自害直前に飛びたいのだが、思うように時が渡れない。なれど、自分はどうなろうと陽仁に真実を届けられればいい。
唯一の懸念は、このわずかな繋がりがいつ途切れるかだった。間に合ってくれと祈る思いで、隆子を視つづける。
匡深が見守る中、彼女は日ごとに塞ぎ込んでいき、逼迫《ひっぱく》した面差しに拍車がかかっていった。さらに追い討ちをかけるように、やがて己の身に起こった変化も気づいてしまう。古参の女房にも勘づいた者がいた。
《あの、斎王様。お話がございます》
《すまぬが、明日にしてくれますか。気分がすぐれぬのです》
《…左様にございますか。では、床を整えて参ります》
《頼みます》
もの問いたげな女房も、そう言われては食い下がれない。寝所の用意と着替えをすませたあと退出し、隆子は室内でひとりになった。そのまま、臥《ふ》せることなく身じろぎもせずに、物思いに耽《ふけ》る。
しばしののち、苦悶《くもん》まじりの絶望的な様相で呟いた。

《……玉の緒よ…》

「?」

弱々しくかすれた声ながら聴き取った言に、匡深が眉を寄せる。

幽《かそけ》くつづいたのは、自分も知る有名な恋の歌だ。なにゆえ、今それを口ずさむのかと首をひねった刹那、彼女がおもむろに立ち上がった。そうして、部屋の片隅に歩み寄り、漆塗りの櫛笥《くしげ》箱の中から剃刀を手に取る。

「!」

いよいよだと心構えをするも、胸が裂ける。反面、その心の内は結局わからずじまいかと諦観《ていかん》しかけた瞬間、再び隆子がひとりごちた。

《主上。弱いわたくしを、どうぞお許しくださいませ。いくら考えようとも、もうほかに主上を庇って差し上げる手立てを思いつけませぬ》

「どういう…?」

意味を図りかねて戸惑う。すると、匡深の疑問が聞こえたように、先よりも力がこもった声音がつづけた。

《愚かな女と、裏切り者との誹《そし》りを受けるのは覚悟の上にございます。なれど、御身がご無事でいらっしゃりさえするならば、主上の御為ならば、宿った命に罪はないと承知でも、この身はどうなってもよいのです。むしろ、わたくしがいてはかえって障りとなりましょう》

「斎王様!?」

《ただ、どうぞ、お願いでございます。わたくしの死によって、主上の周りに邪《よこしま》な動きがあると、些少《さしょう》なりともお察しになっていただきたいのです》

「な……」

《それだけで、わたくしは本望にて》

「……っ」

自らの命と引き換えに、帝へ異変を知らせるための自害と認めて絶句した。

知りえた重大な謀略を公然と告発はできない。されど、別の方法で鳴らす警鐘で異常が生じたと気がついてほしいという究極の奏上だ。

か弱い女人の身で、なんと悲愴な決意だろうと胸を打たれた。

儚《はかな》く見えるが、芯《しん》は強いと隆子を評していた陽仁の言葉を思い出す。まさしく、そのとおりの人だ。兄帝への信頼と忠義も厚く、彼が信じると断言したのもうなずけた。

匡深の目前で、彼女が悠然と剃刀を首筋に当てる。その白い頬を涙が伝い落ち、口元にだけやわらかい笑みが湛《たた》えられた。

《なれど、もし生まれ変われるのなら、次は妹としてではなくお会いしとう存じます》

「え」

《主上。わたくしの……恋しい、兄上…》

「！」

まさかと息を呑んだ直後、隆子が頽《くずお》れる。

最初に視たとき、彼女が呟いていたのはこの最後の独白だったらしい。その囁きと、さきほどの歌を照らし合わせて導き出される答えに言葉を失った。

自分の存在が害になるとは、隆子を盾に敵方から帝が脅される意味も無論ある。しかし、もうひとつの意図もあった。これ以上生きながらえては、慕情を隠さねばならない忍耐力が弱ってしまうという歌の後半が示すとおりだ。

おそらく、彼女は帝に恋心を抱いていたのだ。以前、末妹は幼い頃から帝をとても慕っていたと陽仁に聞いた。

敬慕の情が、いつしか恋慕へ育ったとしてもおかしくはない。とはいえ、義理ならともあれ、同腹の兄妹では許されざる禁忌の想いだ。

ゆえに、恋しさを胸に秘めたまま斎王となった。ほかの男と結婚するより、帝のために生きる道を選んだのだろう。そばを離れて遠い伊勢に下れば、寂しくも慕わしさは冷めていくと考えたかもしれない。

ところが、帝への恋心は薄れるどころか募った。そこへ今回の策略が降りかかり、いっそ自らの恋情ごと葬り去ろうと決意したと推測できる。

恋しい人の窮地を救いたい心が、あらゆるものを凌いだと思えた。自身の感情すら押し殺し、命を懸けた隆子の気持ちが理解できた。

己も似たような状況だと匡深が共鳴した刹那、視界が突如、闇に染まった。

「あ……」

併せて、肉体との微かな繋がりも途絶えたとわかる。前回はそれを辿ってなんとか戻れたが、今回は帰路自体を失ってしまった状態だ。けれど、かろうじてすべてを陽仁に語り切れたのでかまわない。

それこそ、隆子と同じく本望だった。

時空の狭間に取り残された『時渡り人』がどうなるのか、これぱかりは記録もなくて未知である。肉体という起点があってこそ終点を定めて時を渡れるため、現状はどうにもできない。

なにも見えず、怖いくらいの静けさは黄泉《よみ》の国を連想させた。

親族やこの世にすら未練はないが、陽仁と二度と会えないのは心残りだ。それとて仕方ないと諦念し、匡深はゆるやかに瞼を閉じた。


「隆子が、主上を!?」

仰天の事実に、陽仁が思わず口を開いた。否、先刻から衝撃的な内容ばかりを次々と語られていて、正直信じられずにいる。

中空をじっと睨《にら》んで話す匡深の様子も異様だった。途中で何度か声を発しそうになったものの、静かにとの注意を守って堪えた。自害の理由は胸を熱くしながら記したが、今のは本当に意外すぎて走らせていた筆も止まる。

だいたい、なにがどうなっているのか、つゆほども見当がつかない。詳細を訊きたくてうずうずしていたのも手伝い、いい機会と捉える。

琵琶《びわ》法師のように語りつづけていた匡深も黙ったしと、話しかけた。

「そろそろ、この次第を説明せよ」

「………」

「今度は無言は許さぬぞ」

「………」

「これ、匡深」

またも沈黙を貫かれて嘆息し、陽仁は紙から視線を上げた。その瞬間、座っていた体勢からゆっくりと横向きに倒れていく彼が視界に入る。

「！」

慌てて筆を置き、そばへ駆け寄った。名を呼んで身体を揺すったけれど、返事はおろか反応すらない。知らぬ間に、双眸は固く閉じられていた。

背中へ腕を回して仰向けに上体を抱き上げ、頬を軽く叩くもぴくりともしない。

「匡深、しっかりいたせ。目を開かぬか！」

「……」

「いかがしたのだ、匡深。匡深!!」

いくら呼びかけても、応答はまったくなかった。このとき、咄嗟に口元へ触れた手でさらなる大事に気づく。

あろうことか呼吸が感じられずに、いちだんと焦った。

狼狽しつつも、薄い胸に耳を当てる。弱々しく、極めてゆったりしたものながら鼓動が聞こえてひとまず安堵したが、匡深が瀕死《ひんし》の状態なのは変わりない。

「いったい、なにが…!?」

愕然と呟いた陽仁の脳裏へ、先刻の彼の台詞がよみがえった。語り終えた自分の身にどんな異変が起ころうとも、かまうなといったあれである。

要するに、こうなることを匡深は見越していたのだ。ならばと、陽仁は己にできる最善を尽くそうと思考を切り替えた。

「行喬はおるか！」

「はっ」

「使いを頼む。急ぎ、左大臣を呼んで参れ。息子の一大事だと」

「御意」

相変わらず、状況は把握できていなかったものの、約束は守りとおす。

行啓を見送り、女房の手を借りて褥《しとね》を用意した。冠を取り、束帯も夜着に着替えさせた意識のない細い身体を寝かせる。

それから、驚くべき早さで左大臣がやってきた。自邸にいなかったため、行啓が御所へ行ったら、出仕を終えて帰るところの彼と出くわし、事情を話して同行願ったという。

陽仁への挨拶もそこそこに、横たわる匡深を見て憂い顔になった。

現状を見た潔深は即座に、なにが起きたか悟ったらしい。枕元に置いた、幾枚にもわたって書き綴《つづ》られた紙を手に取って目を通しながら深く息をついた。

「…『時渡り』を行ったか」

「左大臣。匡深が語ったこともだが、仔細を述べよ」

「申し訳ございませぬ。今少し、お待ちいただけますか。斯様《かよう》なる真相が明らかになった以上、直ちに事を片づけるのが先決にて」

「待て。確かな証《あかし》はないのだぞ」

「失礼いたします」

そう言うなり、左大臣は腰を上げて踵を返した。なんの確証もなく、単に匡深の言葉をもとに動こうという姿勢に当惑を覚える。されど、確信に満ちた潔深の言動が気にかかった。

意識不明の匡深はさらに心に懸かるとはいえ、やはり一連のなりゆきが懸念される。苦渋の決断にて、あとを行啇へ託して邸を出た。

内裏で追いついた陽仁に、潔深が不穏な声色で低く述べる。

「ご忠告をひとつ、よろしいでしょうか。中務卿の宮様」

「なんだ？」

「先刻の息子について、誰にも、なにひとつ話さぬようお願い申し上げます。万一、漏らせば、我が一族を敵に回すとお心得ください」

「……わかった」

物騒な内容に加え、普段にもまして険悪な相貌《そうぼう》で凄《すご》まれてうなずいておく。嫌だと言おうものなら、この場で縊《くび》り殺されそうな雰囲気だ。

こうも殺気立った潔深は見たことがないと思いつつ、そろって清涼殿に赴いた。

人払いののち、陽仁が実は例の件で有力な情報を摑んでいて内偵を進めていたこと、そして、ついに謀叛の動かぬ拠所《よりどころ》を押さえたので罪人らを捕縛する許可を賜りたいという旨を帝に報告されてしまう。

「まことか、陽仁」

「は？　はい。その、まあ」

「水くさいではないか。なぜ、余に申さぬ」

「それは……あの…」

「主上。僭越《せんえつ》ながら、わたしが口止めさせていただきました。ただでさえ難題を抱えて政務に勤《いそ》しんでおられた主上ゆえ、中務卿の宮様も御身をご案じなされたのでございます。勝手な判断をいたしまして、申し訳ございませぬ」

返答に困っていると、すかさず潔深が尤もらしいことを言った。全部、帝を慮《おもんぱか》っての行動だとさりげない主張がなされる。

愚息は肝心なときに風邪《かぜ》をひいて寝込み、役に立てずに恐縮ともだ。

「左様であったか。心配をかけてすまぬ」

「…いえ」

「左大臣にも難儀をかけた」

「滅相もないことでございます。わたしは中務卿の宮様にご相談を受けて、少しくご助勢をして差し上げたに過ぎませぬので」

あくまで、陽仁ひとりの手柄と言われて複雑な心境になった。否定しようにも、潔深が睨みを利かせていて叶わない。

真相をかいつまんで聞いた帝も、萬仁が一味と知って驚愕していた。斎王の自刃については、紙に書かれた片方の顛末のみ潔深によって話される。

もうひとつの理由は、言うべきかさすがに迷った。そんな陽仁をよそに、帝の命令を受けた左大臣は事態の収拾に乗り出した。

検非違使《けびいし》を引き連れてまず向かった先は、法皇の邸だ。

今回は三鞍が逆に永峰の術を操り、踏み込むまで察知させなかった。そのためか、まさに路仁に呪《しゅ》をかけている現場を押さえた。

匡深の言に違《たが》わず、そこには此度の謀事《はかりごと》に関して篤実と交わした文など、謀叛の証拠が数々残されていた。その中に、路仁の呪詛を依頼するものもあった。

秀仁が東宮になって以後も、路仁が存命ではなにかと邪魔になる。日野氏以外にも路仁を担ぐ勢力が出てきかねないと危惧《きぐ》し、亡き者にともくろんだらしい。路仁のあとには築子や典深、潔深を呪い殺す手筈《てはず》になっていたことも判明する。

それらを暴かれては、法皇も観念せざるをえなかったようだ。篤実邸へも派遣された検非違使は、牢に繋がれた狩野を見つけた。

篤実に不審を抱いていた狩野は、裏切られたとわかって主人の企《たくら》みを洗いざらい暴露した。そうなれば、法皇邸にあった文とともに言い逃れは難しい。はじめは、法皇に罪をなすりつけて白を切っていた篤実も捕らえられた。

ふたりの供述によると、完璧《かんぺき》に進むはずの企ては隆子の死で少々狂ったとか。

斎王の不祥事を久我氏が主導的立場で弾劾するつもりが、よもや、自ら命を絶つとは計算外だった。しかも、その自害を帝側に先に知られてしまい、先手を打って病死と公表された上、謀略の存在にも勘づかれてしまった。

最愛の兄である帝をなんとしても守りたいと、命を懸けた隆子の想いは叶ったのだ。とはいえ、彼らは予定どおり帝と日野氏を追い詰めることに成功した。

もう一歩というところで、なにゆえ策謀があらわになったのかと無念がっている。

かくいう陽仁も、匡深が語ったとおりの展開に驚きを禁じえなかった。

あれから今日で二日目になるが、左大臣の代理といって当日の夜半に訪れた太政大臣に事情は聞いた。

事前に、生涯他言無用とくれぐれも念を押された。帝にすらだ。

もし口外すれば、日野一族が敵に回るのかと潔深の弁を揶揄《やゆ》した。典深の返事は、秘密を話した相手もろとも陽仁の息の根を止めるといった、なおも苛烈《かれつ》なものだった。年の功か、強面《こわもて》の潔深を凌ぐ迫力に一瞬、怖気《おぞけ》立つ。本気なのも痛感できた。

よほどの密事《みつじ》らしいと腹を据えた陽仁は、想像を上回る話に愕然となる。

「時の流れを渡る⁉」

「左様にございます。匡深は時を渡って過去へさかのぼり、現実に起こった事実をつぶさに視て参ったのです」

「……っ」

同じく、未来へも渡れる。この能力を『時渡り』、その使い手を『時渡り人』と言うらしかった。

俄には信じ難い内容ながら、直《じか》に目の当たりにした身では納得せざるをえない。

日野家に代々現れる異能者について、さらに詳しく教わる。日野氏の繁栄の陰にそんな秘密があったとはと呆然となった。なにより、それが常に死と隣り合わせの行為と知って息を呑む。だから、国を揺るがすような大事でない限り、力は使わせないとか。

十二年前に上皇が原因不明の病に倒れた際も、匡深が異能を行使して助けたらしい。

未知だった裏事情に度肝を抜かれた。当時もやはり、どうにか九死に一生を得たそうだ。

「では、今回も死ぬかもしれぬと承知で？」

「御意」

「なにゆえ、そのような無茶を…」

「国家、ひいては一族のためと申したいところでございますが、此度ばかりはどうでしょうな」

「太政大臣？」

苦い口ぶりの典深に、陽仁が首をかしげる。昏々《こんこん》と眠る匡深をしばらく見つめたあと、こちらへ視線を転じられた。

「匡深との仲は存じております。…この子がここで『時渡り』を行ったのは、己の秘密を中務卿の宮様にならば知られてもよいと考えたからです。即ち、その程度には思い入れがあったのでございましょう」

「いや。私の片恋だったがな」

正直に返すと、典深がわかっていないとでもいうように微苦笑した。そうして、いちだんと真剣な顔つきになり、匡深の生死の期限は三日しかないので、一縷《いちる》の望みに賭けるという。

概して厭世《えんせい》的な『時渡り人』だが、なにかに執着があれば話は違ってくるかもしれない。それに愛着があるほど、現世へ還《かえ》りたいとの願いも強くなるだろう。これで時の狭間に漂う彼の魂を引き戻せたら僥倖《ぎょうこう》だ。

あいにく、対象が肉親でなく陽仁なのは残念なれど仕方ないと嘆息され、帰還を念じてほしいと頼み込まれた。

そんなことでいいのならと、ずっと呼びかけている。

典深は以後も頻繁に使いを寄越すし、見舞いにも訪れる。それは、事の収束を図るのに多忙な潔深も、匡深の兄たちも同様だ。

彼らがどれだけ匡深を大切に思っているのか、よくわかった。

一方で、白日のもとに晒《さら》された真相は宮中の貴族をかなり動揺させた。ただ、斎王を巻き込んだ卑劣な手口に皆が眉をひそめている。法皇は流刑、篤実と永峰、狩野は死罪と関係者に厳罰が下されても、同情の声はあがらなかった。

陽仁とて、父方の祖父が犯人との結末に心が重い。

血族同士の権力争いは世の常ながら、実際に体験すると憂鬱《ゆううつ》だ。隆子はもっとつらかったろうと溜め息を漏らす。

結局、帝には彼女の真意を言い出せずにいた。

最期まで恋心を秘して散っていった末妹を思えば、黙っていてやるのが供養に思える。それ以上に、今の陽仁は匡深のことだけに心を傾けている。

なにしろ、今日が運命の三日目だ。この間、帝に召し出される以外は、ほとんどつきっきりだった。

今朝《けさ》も、まだ夜が明け切らぬうちから起き出し、枕元に座っていつものように手を握る。

日ましに蒼白《そうはく》になっていく顔色が悩ましかったが、願いを込めて名を呼んだ。

「匡深」

返事がないことに落胆しつつも、あきらめない。温《ぬく》もりを分けるように、頬へそっと触れて囁きかけた。

「早く目を覚ませ。そして、あの美しい瞳《ひとみ》で私を見よ。そもそも、一言の礼すら私に申させぬまま逝くのは許さぬ。…頼むから、私のもとに戻ってこい。匡深」

必死に祈る陽仁を後目《しりめ》に、時は無情に過ぎていく。昼になり、宵《よい》が訪れて、周囲が闇に包まれ始めても、彼が目覚める気配はなかった。

やがて期限だという日付が変わり、典深と潔深が肩を落としぎみに帰っていった。

夜明けとともに匡深を引き取りにくるとの言葉も、愛する人の死も受け入れられない陽仁が拳《こぶし》を床に叩きつけて叫ぶ。

「このような最期、私は絶対に認めぬぞ！　一方的な別れなど…っ」

「…ぅ……」

「!?」

その刹那、ごく小さな呻きが聞こえた気がした。

慌てて白い顔を覗き込むと、しなやかな柳眉《りゅうび》が微かにひそめられた。つづいて長い睫毛《まつげ》が震え、ゆるりと瞼が開いていく。

「!!」

「……ん」

待ち侘《わ》びた薄い色の双眸と視線が合った途端、陽仁は言葉もなく、愛《いと》しい相手を力の限り抱きしめていた。


「あ……」

「匡深」

「……陽仁、様…？」

「匡深。匡深……匡深っ」

何度もただ名を呼んできつく抱きすくめてくる陽仁に、匡深はなすがままでいた。

現状をまだ摑めず、瞬きを繰り返す。右目が見えずに左目が利く状態に戻っていて、見慣れぬ部屋の褥で上半身のみ起こされて彼の胸にいる状況に思わず呟く。

「わたくしは、生きているのですか？」

「当たり前だ！」

「…左様にございますか」

「私がどれだけ心配したと思うておる」

「……申し訳ございませぬ」

嚙みつくような返答にたじろいだが、またも命拾いしたらしいと悟る。

陽仁も本物とわかった。なにしろ、ついさきほどまで時の狭間にいたから現実との判別がややこしい。

もしかして、あれは幻聴ではなかったのかと今頃気づく。

肉体と魂の繫がりが切れたあと、時の流れを揺蕩《たゆた》う匡深に突然、恋しい人の声が届いたのだ。妄執のなせる業かといった考えが脳裏を掠《かす》めるも、もっと聞いていたいと素直に思った。未練がましいと苦笑を漏らしながらも欲望に従い、声がするほうへ向かった。

進んでいくうちに、暗闇の中で今度は明かりが映った。ひどく遠くにあったけれど、惹かれるままに近づいていった。

そうしたら、ものすごい力でなにかに引っ張られた。気がつくと、目の前に陽仁がいたという経緯だ。よもや、あの光明もかとぼんやり考え及ぶ。

実際、匡深が倒れて以降、ずっと呼びかけていたとか。しかも、すでに限度の三日を超えて四日目に入ったところだと言われて仮定が確信に変わった。その名のとおり、彼は陽の光のように還るべき道筋を照らし、自分をこの世へ舞い戻らせてくれたのだ。

こんな事態は『時渡り』の記録を繙《ひもと》いてもない。まさに、奇跡的な事例といえる。

なんと奇特な人だろうと内心で感嘆しつつ、感謝の意を述べた。

「生きて還れたのは、陽仁様のお力添えにございます」

「うん?」

「天《あま》つ日《ひ》のごとく、わたくしを導いてくださいました」

「それは私の台詞だ。そなたのおかげで事はおさまった。主上も宮様も、無事にお助けして差し上げられた。宮様はすっかり元気におなりで、そなたに会いたがっていらっしゃる。なにより、隆子が浮かばれた」

「滅相もないことです」

陽仁の役に立ててうれしい。ちなみに、匡深は急病により臥せっていると表向きはなっているらしかった。

隆子の本意は、逡巡の末に故人の意思を尊重して帝へは告げないと決めたそうだ。耳に入れても、帝をいたずらに苦しめるだけと考慮した匡深も同意だった。

すべてがいい結果におさまったようで安心する。

事後を適切に計らってくれた父と祖父へも思考が至り、生きて戻ったことを報告せねばと思い立つ。そう言うと、待てと止められた。

「その前に、よいか」

「なんでございますか」

抱擁の腕を少しゆるめた彼が真顔で見つめてくる。涼しい目元に疲れが滲んでいるのが自分のせいと知り、申し訳なかった。

「今後、『時渡り』とやらは禁ずる」

「え?」

「もうあんな思いはしとうない。恋しい相手が生死の境を彷徨《さまよ》う様を、なす術もなく見ているなんて耐え難い苦しみだ。寿命が縮んだぞ」

「…陽仁様」

「仮に私のためだというのなら、なおさらだ。匡深以上に大事なものなど、私にはないのだからな。わかっておるか?」

「……っ」

まっすぐな眼差しで、誰よりも愛おしいのだと告げられて頬が熱くなる。

再会できないはずだった陽仁への恋心を意識し、動悸《どうき》がした。俯きかけたが、許さないとばかりに額同士をつけられる。

吐息が触れる近さで視線を絡めた彼が、なおもつけ加えた。

「無論、十数年前の上皇様の件を含め、今回の仕儀もいくら礼を申しても足りぬのは承知だ」

「いえ。それが、わたくしに与えられた務めですので」

「……また、そなたはそうやっていじらしいことを…」

「?」

健気な発言をした自覚がない匡深が、小首を傾けて瞳を揺らす。その仕種《しぐさ》すら、陽仁を夢中にさせているとも知らなかった。

「…いやいや。愛らしさには流されぬぞ」

「陽仁様?」

呟きの意図を把握できずにいると、しかつめ顔になられる。愛しき者を喪《うしな》いかけた心痛を切々と訴えられては言い返せない。確信犯では余計だ。

「そなたがいないこの世に、私ひとりが残されてどうなる。連理の契りを交わした相手を亡くして長らえても苦痛に過ぎす、面影のみで暮らしていくのも酷な話だ。そなたなしでは、もはや生きられぬものを」

「なれど…」

「そなたが私のそばにいてくれさえすれば、ほかになにもいらぬ。ゆえに、生を惜しまぬ振る舞いは慎んでくれ」

「………」

熱烈な愛の言葉に交えて、『時渡り』を諌《いさ》められた。家の者とは違い、陽仁の制止は面映くも聞き入れたくなる。

情は情でも、恋情は特別なものなのだと心に沁《し》みる。

しかし、首肯はできなかった。帝にまたもしもの事柄が起こったら、『時渡り人』として使命を果たさなくてはならない。さらに、これからは陽仁が困難に陥った折も、自分は異能を行使せずにいられないだろう。

どちらも心より想う人の助けになるとあり、窘められるのを覚悟で、匡深がほろ苦く笑って言う。

「もったいないお言葉を賜ったにもかかわらず、まことに恐縮でございますが、そのご命令には従えませせぬ」

「匡深？」

「陽仁様をお護りするために、わたくしは生まれてきたと今なら思えるので」

「！」

「それだけで、幸せにございます」

「……っ」

従って、お目こぼしを願いたいと告げた直後、再度強く抱きしめられた。わからず屋めと詰《なじ》られるも、仕方ないといった優しい口調が許容を示していた。

ほどなく行喬が呼ばれ、重湯《おもゆ》を口にする。少しだるいくらいで、思っていたよりは体調がよくて安堵を覚えた。湯浴みもさせてもらい、清らかになるも、陽仁が手ずから世話を焼いてくれるのがなんとも畏れ多い。

重湯が入った器も、口元へ運ばれた。今とて彼に背を支えられて、行喬の手を借りながら夜着を着せられている。

足元が覚束《おぼつか》なく危なっかしいとの理由により、一緒に湯浴みしたせいだ。

「…あの、淑望を呼んでいただけませぬか」

「夜が明けたらな」

「ならば、せめてほかの従者に」

「私では嫌なのか」

「とんでもないことでございます」

「そうであろう」

「あ」

来るとき同様、再び軽々と横抱きにされてしまった。この数日で体重が落ちているとはいえ、かなりいたたまれないし、心苦しい。

「摑まっておれ」

「いえ。自分で歩きますゆえ、どうか下ろしてくださいませ」

「遠慮せずともよい」

「陽仁様…」

困惑もあらわに見遣ったけれど、微笑まれるだけだ。

結局、そのまま湯殿《ゆどの》から母屋へ抱いて運ばれた。ほどなく、行啓が下がる。陽仁が認《したた》めた文を、典深と潔深のもとへ届けてもらうことになっていた。

褥に寝かせた匡深へ、脇に座る彼が思い出したとでもいうように訊いてくる。

「確かめておきたいのだが」

「はい」

「私のためにそなたは在るとは即ち、匡深は私を恋うておると思ってよいのか？」

「……っ」

「うん？」

あらためての確認に、己が耳まで赤くなったのがわかった。

おそらく、純粋な問いに違いない。明確な返答を避けてきたため、陽仁も匡深の意向に自信が持てずにいるのだ。

さすがに気が引けて、今度こそはとはっきり伝える。恥ずかしさを堪え、きちんとその目も見た。

「…御意。畏れながら、お慕い申し上げております」

「うむ。ようやく想いが通じたな」

「二度とお会いできぬとあきらめておりましたゆえ、胸がいっぱいにございます」

「私もだ」

「ただ…」

「なんだ?」

やわらかな面持ちで首をひねられて躊躇うも、率直に述べる。

陽仁の真摯な気持ちは信じているが、この先、彼の立場上、妻を迎える局面が訪れることもあるだろう。それでも全然かまわないし、自分に気を遣わなくてもいい。新たに恋人をつくるのも任せる。

だからといって、匡深は誰かほかへ目を向けるつもりは微塵もなかった。愛情も揺るがないと誓える。

身も心も一生、陽仁によって救われた命ごと捧げると言い添えた。

「わたくしは、陽仁様のものにて」

「匡深」

「あ……っんう」

不意に覆いかぶさってこられて、唇を塞がれた。すぐに離れてくれたので息苦しくはならずにすんだものの、間近で熱っぽく囁かれる。

「無用な心配をいたすな。私にはそなただけだ」

「陽仁様」

「まったく、今宵《こよい》はいたわってなにもせずにおくつもりでおったのに、左様に可愛らしいことを申されては私とて耐えられぬ」

「……っ」

「そなたがほしい。よいか?」

欲情にかすれた艶《つや》っぽい声で望まれ、匡深の欲望も疼いた。

どんなに身体へ負担になるとわかっていても、心が彼を求めている。込み上げてくる羞恥すらねじ伏せる恋心で、小さくうなずきを返した。

「…わたくしも、陽仁様をこの身に感じとうございます」

「できうる限り優しくしよう」

「いいえ。いつもどおりになさってください」

「あまり惑わすな」

「え？」

「わざとではないのか。いかにもそなたらしい」

病み上がりどころではないくせにと、陽仁が呆れた表情を浮かべた。瞬時に、そんな相手を抱こうとする自らも大概ひどいがと苦笑う。

互いを確かめ合いたい熱意は、きっと双方変わらない。一度は喪ったと絶望した分、これまでよりも切実だ。

どちらからともなく、唇が重なった。次第に深く交わっていき、入ってきた彼の舌に口内を明け渡す。奥にひそんでいた匡深の舌も絡め取られ、痺《しび》れるほどに吸い上げられた。唾液《だえき》も交換させられて息遣いが荒くなる。

なんとか必死に応えつつも、目前の夜着の胸元を両手で摑んだ。すると、膝を割って裾《すそ》から滑り込んだ大きな手が素肌を撫でる。そのまま太腿《ふともも》をゆったりと這い上がっていき、脚のつけ根に触れた。

「んっ…ぅ」

「今少し、開けるか」

「…っふ……ん」

言われたとおりにしたら、陰茎を握り込まれた。的確な愛撫に身をよじると、口元から陽仁の唇が逸《そ》れて首筋へ顔を埋められる。

柔肌に点々と痕を刻む行為にすら、熱い吐息が漏れた。

鎖骨を甘噛みされ、はだけた胸元もやんわりながら執拗《しつよう》に噛まれて呻く。

「んう、ぁ…」

「赤く熟れて私を誘っておるな」

「ち、が…っ」

「違うまい」

「や……んっん」

尖《とが》り切った両方の粒を交互に舐《な》め齧《かじ》られる間も、股間《こかん》への悪戯はつづいていた。芯を持ち、先走りの蜜を振りこぼす状況を恥じらった次の刹那、匡深が息を呑む。

なおも移動させた唇で、陽仁が匡深自身を口に含んだせいだ。

脚の間に陣取られていて、膝を閉じられないのがもどかしい。咄嗟に両肘《りょうひじ》をついて重い上体をどうにか起こし、彼を制した。

「陽仁様」

「ん?」

「左様な、ことは……なりませ…ぬ」

「悦《よ》くないか?」

「そ、のように……仰せられ、ても…」

「そなたに負担をかけず、快さだけを与えたいのだ」

「なれ、ど……っは、あ…ぁ」

銜《くわ》えたまま話されて、背筋を快感が駆けのぼる。手とは異なる感触に動じた。温かい口中で陰茎の先端を舌先でつつかれたり、全体を食《は》まれたりする。双珠も同じ仕打ちに遭っては、嬌声が止まらなかった。

初めての経験に下半身が蕩《とろ》けそうになるが、陽仁にそんなところへ口をつけさせるのは恐縮の極みだ。どうにかやめさせようと身じろぐも、叶わない。いちだんと淫《みだ》らな舌使いに晒されてうろたえた。

肘が崩れながらも、両手を彼の頭に伸ばす。そこから引き剝《は》がそうとしたものの、いっそう熱を帯びた口淫《こういん》で逆に縋ってしまった。

「あっ…あ、あっん……ああっ」

これ以上は堪え切れないと焦る。けれど、このまま出すなんて論外だった。

波打つ下腹部に力を込め、震える声で言い募る。

「お願い、です……お顔を…お離し、に……もう…」

「出るか」

「は、い…」

「かまわぬ」

「陽仁、様!?」

まさかの返答に悲鳴じみた声音で名を呼んだが、口内へなおも深く迎え入れられた。さすがに手向かい、逃げを打ちかけた身を難なく抑え込まれる。

ゆるゆるとかぶりを振り、離してくれと懇願した。

「嫌っ…でござい、ます……どうか…っ」

「そなたの甘露だ。じっくり味わおう」

「や……あ、あ……んぁあ」

抗いも虚しく、早々に絶頂へ導かれてしまった。解放感に浸る余裕など当然なく、のどを鳴らす音に頬を歪《ゆが》める。

含羞のあまり涙眼になった双眸と、顔を上げた陽仁の視線が合った。美味であったと微笑んで言われても複雑な心地だ。

さすがにそんなはずはないとわかるだけに、なおさらである。

「…おやめくださるよう、申し上げましたのに」

つい恨みがましく責めるも、取り合ってもらえなかった。上半身を倒してきて匡深の額に唇を押し当てながら、穏やかに返される。

「私はうなずいてはおらぬだろう」

「…憎らしいお言葉にて」

「拗《す》ねても、愛くるしいだけだぞ」

「愛らしくなどありませぬが、わたくしもさせていただきます」

「匡深？」

最後は不本意だったにせよ、相当な悦予を与えられたのだ。己のみしてもらったではすまされないと、けだるい肢体を引き起こす。

無理はするなと苦笑されたけれど、律儀な性格なので返礼はしたかった。

ただし、胡坐をかいた彼の夜着の裾に手をかけたところで羞恥心が湧いてくる。それをどうにか振り払い、額《ぬか》ずくような姿勢で恐る恐る昂《たか》ぶりに顔を近づけた。

はじめは舐める程度でいたが、思い切って頬張る。大きさの都合で口に余り、全部は含み切れなかったため手も使ったものの、陽仁を真似《まね》て奉仕した。

「んう…んっ、ん…ぅ」

「そう励まずともよいのに」

「っふ、ん……気持ち、よくは……ございませぬ…か？」

「……っ」

彼を銜えた状態で上目遣いに見遣って訊ねる。もしそうなら、どうすればいいか教えてくれれば拙《つたな》いながらもすると言い重ねた。

その言動がどれほど艶《なま》めいて映るかとは気づかない。陽仁が黙り込んだのも、自分の口淫が下手だからとの認識だ。

「…私を誘って困るのは、そなたなのだがな」

「んん？」

「おかげで、慎むのがひどく難しくなった」

低く呟いた彼が、長い指を自らの唾液で濡らし始める。そして、どうにかまとっている夜着の裾が捲《めく》り上げられ、後孔をそれで撫でられた。

「あっ!?」

「匡深の好きなように、つづけていてよい」

「ぁ……そ、こは…っ」

「私はここをほぐすゆえ」

「ん…っく」

滑《ぬめ》りを借りて侵入を果たした指先に、匡深が背を反らしぎみに呻く。必然的に屹立《きつりつ》から口を離してしまった。

なにも知らない頃ならともかく、悦《よろこ》びを丹念に教え込まされている部分が期待にさざめいて歓迎する。

違和感は最初のうちに限られた。陽仁の指に絡みついていく襞《ひだ》を指摘されるも、無意識ゆえにどうにもできない。はしたなさを、ただ恥じ入るばかりだ。しかも、特に敏感な場所を擦り立てられる。

「あっ、あ…っん……ゃ」

そんなふうにされたら、口淫が疎《おろそ》かになる。そう訴えたが、秘処を探る手は止まってくれなかった。指の数も増えていって惑乱する。

中を弄られた影響で、匡深自身も再度勃《た》ち上がっていた。

「陽仁さ…まっ」

「うん?」

「今、少し……お手を、ゆるめ…てくださ…」

「悪いが、聞けぬな」

哀願は躱されつづけて、匡深が彼の膝に倒れ込む。身体も横臥《おうが》の姿勢になったけれど、指戯は続行していて身悶《みもだ》えた。

それでも、愛撫はせねばと眼前にある陽仁へ触れて唇を寄せる。

「あ、っあ……っは、あ…ん」

「まこと、私を虜《とりこ》にいたすのもほどほどにせぬか」

「え……あ!」

その瞬間、手中の熱塊が甚だしく脈打ち、精を放った。生温かい飛沫《ひまつ》が顔にかかるも、驚いて一瞬状況を摑み損ねる。

己の濡れた手を眺めて、ぼんやりと彼を見上げた。すかさず伸びてきた手に、頬を優しく拭《ぬぐ》われる。

「あの…」

「すまぬ。頬が汚れたな」

「いえ。わたくしのほうこそ、陽仁様のものを飲めずに申し訳ございませぬ」

「……匡深」

「なれど、次こそは必ず……っん」

上体を屈《かが》めた陽仁に、唐突に唇を重ねられた。舌をねっとりと絡められながら、体内にあった指が引き抜かれて鼻から甘い吐息を漏らす。

このまま組み敷かれるかと思いきや、唇がほどけた。

呼吸を弾ませた匡深がなぜか起こされ、反対に彼が横たわる。なにをと訝った直後、その身に乗り上げる格好で跨《また》ぐように座らされて双眸を瞠った。

彼を見下ろすという慣れない体勢にも戸惑う。

「陽仁様…?」

「そなたの調子で私を挿《い》れてくれ」

「え」

「匡深の色香に迷っておるのでな」

今の自分だと、制御が効かずにひどく抱いてしまいかねないと告げられた。

気遣いはうれしいが、なんとも恥ずかしい体位に唇を嚙みしめる。いっそ手荒くされたほうがいいと縋る眼差しを向けるも、宥められて従う。

「支えてやるゆえ、心配はいらぬ。私の膝にも寄りかかれ」

「…御意」

邪魔になるだろうと言われて、夜着を脱がされた。

一糸まとわぬ裸身に恥じらいが強まる。中途半端に芯が通ったままの匡深の陰茎や、赤々と染まった胸の尖りまで灯台に照らし出されていたたまれない。遅ればせながら消してほしいと頼んだけれど、今さらとあしらわれた。

陽仁の視線から逃れるように、左手を後ろへ回す。手探りではさすがに無理なので、左半身もよじって彼の中心を持った。

つい先刻、果てたはずなのに、すでに回復していて瞠目する。両膝を褥につけて上げていた腰を、その上へ少しずつ落とす。

切っ先が入り口に当たって躊躇いつつも、何度も息をついて内に入れた。

「っく……んぅぅ」

「うまいぞ、匡深」

「ぁ…っはあ……あ、あ…」

入念にやわらげられていたせいだろう。多少の引き攣《つ》れ感はあれど、痛みはなく陽仁を呑み込んでいく。この間、言葉どおりに懇ろな手助けもされたが、太腿や胸元、臀部《でんぶ》を撫で回されて悩ましかった。

時間をかけてすべてをおさめてほどなく、さらに言われる。

「そなたが動いてくれるか」

「な……」

「感じるところに私を当てたらよい」

「……っ」

あまりにも淫らすぎる注文に眩暈を覚えた。これは本当に匡深への心遣いかという疑惑もふと頭を擡《もた》げる。なんとなく、愉しまれているような気がしないでもなかった。

遠慮がちに訊いてみると、彼の端整な口元がほころぶ。

「ばれたか」

「陽仁様！」

「そう怒るな。真実を申せば、そなたをいたわりたい想いと欲する気持ちが半々ゆえ、その表れだ」

悪びれない態度を軽く睨むも、笑顔を返された。

自分も動くので許せとの台詞に匡深が答えるより早く、下から突き上げられる。

「んあっ」

不安定な姿勢とあり、慌てて陽仁の夜着の袷《あわせ》あたりを摑んだ。

同時に脚を踏ん張る寸前、膝を立てさせられて動じる。自らの重みを全部はかけず、そこで加減していたせいだ。

「っ……くぅ、ん…」

「そなたも腰を揺らせ」

「やっ、あ…ぁ」

深い箇所を捏《こ》ねたり、擦ったりという所作に仰け反った。危うく背後へ倒れかけたが、彼の脚が支えになって助かる。

しかし、恥部が全開の状況に気づいて泣きたくなった。

今にもはち切れそうな陰茎はおろか、貫かれているところまで晒されている。しかも、繋がった局処を指でさすられて取り乱した。すぐにやめてくれたとはいえ、恥じらいの要因はまだ残っていた。

羞恥のあまり、蜜で濡れる股間を両手で覆う。その仕種がかえって婀娜《あだ》っぽく、陽仁を高揚させたとは思わなかった。

「隠すな。匡深」

「嫌…で、ございま……す」

「ならぬ。すべてを私に見せよ」

「あ……陽仁さ…まっ」

退けられた手が指を絡めて握られる。少しく視線が合ったあと、彼の眼差しがしばし逸れてまた戻ってきた。

「奥ゆかしく私を包み込んでおるな」

「…知り、ませぬ」

「そなたも見てみるか？」

「謹んで……お断り…いたしま……っああ」

「では、私だけの秘密にしておこう」

うれしそうに囁きながら、力強い腰つきで突かれて淫声をあげた。

激しくも濫《みだ》りがわしい抜き差しに、匡深は次第に上半身すら立てていられなくなる。間を置かず、広い胸元へ頽れていく。

「んっ…う」

穿《うが》たれる角度が変わって、小さく唸った。手をほどいた陽仁があやすように背を撫でて、唇を啄んでくる。

「っふ、あ……陽仁…様っ」

「匡深」

ひときわ深部を抉《えぐ》られた刹那、匡深が悲鳴とともに果てた。わずかに遅れて彼もつづき、体内が熱い滾《たぎ》りで濡らされる。

幾度経験しても慣れぬ感覚に、身を震わせて喘いだ。

「んぁ…ああ、っん……ぅ」

乱れた息が落ち着いてくると、額や目尻《めじり》、頰に愛しい人の唇が這う。

くすぐったさに笑み、間近にある黒い双眸を見つめた。どこまでも甘く優しげな声音で、陽仁が訊ねる。

「身体は大事ないか?」

「はい。おかげさまにて」

「ならば、今一度いけそうだな」

「……え!?」

予想外の切り返しに呆然としていたら、視界が反転した。

上下が入れ替わり、そっと身を離される。褥に転がった匡深の前で、素早く夜着を脱いで全裸になった彼に両膝を持って開かれた。

「あ…っ」

閉じ切れていない窄《すぼ》まりから、注ぎ込まれたものが溢《あふ》れて狼狽する。それに目を細めた陽仁が、すでに硬さを取り戻した自身を後孔へあてがった。

我に返った匡深が身をよじって止める。

「陽仁様、わたくしはもう…」

「今宵はこれきりだ」

「ぁ、んん……あっ、あっ、んっ」

制止は聞き流されて、再び楔《くさび》を打ち込んでこられた。

先の吐精で中が潤っているため、滑らかに進んできて困る。押し出され、太腿を伝い落ちていく淫水の感覚にも消え入りたくなった。

根元まで埋め切って覆いかぶさってきた彼の胸を、拳で叩く。

ひどいと涙声で詰ると、熱い吐息ごと奪われた。息も絶え絶えになる頃、名残惜しげに顔を上げて呟かれる。

「そなたへの想いは永久《とわ》に尽きぬし、決してそなたを離さぬ」

「…陽、仁様」

「現世のみならず、来世も、そのまた次の世もともに在りたい」

「……わたくし、も…」

こんなときにそんなことを言うのはずるいと弱々しく反論しながらも、想いは同じなので同意した。

その途端、熱塊の嵩《かさ》と出入りの勢いが増す。

あえかな嬌声をこぼす匡深が、いよいよ泣き濡れる。二度目の精を身の内に受けた際には、ぐったりとなっていた。

ほとんど気を失うように眠りに就いてほどなく、匡深は人の声で目覚めた。

ゆるゆると瞼を開くと、陽仁と典深と潔深が視界に入る。

「昨晩、わたしどもがお暇してすぐ息子が気づいたというわりに、知らせが夜明け前とはいささか遅くはありませぬか」

「左様。誠意に欠けると判じられかねませぬぞ。中務卿の宮様」

「…いや。左大臣と太政大臣の言い分は尤もなのだがな」

「我らがどれほど心を痛めていたか、ご存じのはずですが？」

「よもやと思いますが、枕席に侍《はべ》らせてなどおりませんでしょうな？」

「……それは、まあ」

どうやら、自分に過保護な父と祖父から嫌味攻めに遭っているようだ。ここで首肯すれば、さらなる針の筵《むしろ》状態に陥るのは目に見えている。

それはさすがにわかるのか言葉を濁す彼に助け舟を出すべく、匡深が声をかける。

「お祖父《じい》様、父上」

「匡深！」

ふたりの視線が同時にこちらを向いた。潔深の手を借りて身を起こした直後、感極まった様子の典深に抱きしめられる。

「よう戻った」

「ご心配をおかけいたしました、お祖父様」

「よいのだ。そなたが無事でさえあればな」

「父上にも、ご心労をかけて申し訳ありませぬ」

「うむ。早く母上に顔を見せてやりなさい」

「はい」

愛おしげに匡深の頰を撫でつつ双眸を細める父の向かい側で、陽仁が憮然とした顔つきでいた。匡深にかまいたてる彼らがおもしろくないといった雰囲気だ。

身内相手に拗ねられてもと内心で苦笑していたら、片手を繫いでこられる。

「私のことを忘れてはおるまいな」

「尤もでございます」

「ならばよい」

独占欲を垣間見《かいまみ》せる陽仁が、なんだか可愛らしい。それ以上に、大切な人々がそばにいてくれる現状をとても幸せに感じて、匡深は淡く微笑んだ。

あとがき

こんにちは。もしくは、はじめまして、牧山です。

平安異聞『君ありてこそ』をお手に取ってくださり、まことにありがとうございます。

今回は明朗快活な宮様・陽仁《はるひと》と隻眼《せきがん》の秀麗異能力者・匡深《ただみ》のお話です。

本作では巻頭相関図で割愛されている面々も含め、皆がどこかで縁戚関係にあるため、軽い気持ちで作り始めた制作参照用の全体相関図の複雑さときたら…。平素のノベルズ一冊分の人口密度ではなかったです（汗）。

ここからは、皆さまにお礼を申しあげます。まずは、紅葉舞う妖艶かつ麗しいイラストを描いてくださった周防佑未先生、終始濃《こま》やかにご配慮を賜りまして、ありがとうございました。眼帯デザインにもこだわってしまいまして、お手数をおかけしました。

担当さまをはじめ関係者の方々、HP管理等をしてくれている杏さんも、お世話になりました。

最後に、この本を手にしてくださった読者の方々に最上級の感謝を捧げます。少しでも楽しんでいただけましたら幸いです。お葉書や手紙、メール、贈り物もありがとうございます。

それでは、またお目にかかれる日を祈りつつ。

二〇一三年　夏　　　　　　　　　　　　牧山とも　拝

ご一緒させて頂きありがとうございました！

それにしても平安男子…いいですね！
クールで影のある匡深氏と年下やんちゃ陽仁様…
二人の異なる色香に悶えてしまいました。
時代独特の言葉廻しがまた素敵で、二人のやりとりに終始ドキドキ…

牧山先生の平安世界にどっぷり浸からせて頂き幸せでした、
至福のひとときをありがとうございました。

周防　拝　　2013,6

【参考文献】
有吉保／全訳註「百人一首」講談社学術文庫
秋山 虔・小町谷 照彦／編　須貝 稔／作図「源氏物語図典」小学館
馬淵和夫／校注・訳　国東文麿／校注・訳　稲垣泰一／編集委員「新編　日本古典文学全集 38　今昔物語集 4」小学館
小沢 正夫・松田 成穂・峯村 文人／校訂・訳「日本の古典をよむ　古今和歌集／新古今和歌集」小学館
池田 亀鑑／著「平安朝の生活と文学」ちくま学芸文庫
榎村 寛之／著「伊勢斎宮と斎王」塙選書

この本を読んでのご意見・ご感想・
ファンレターをお待ちしております。

〒101－0051
東京都千代田区神田神保町2－4－7
久月神田ビル7F
(株)イースト・プレス　アズ・ノベルズ編集部

平安異聞　君ありてこそ

2013年8月10日　初版第1刷発行

著　者：牧山とも
装　丁：㈱フラット
編　集：福山八千代・面来朋子
営　業：雨宮吉雄・明田陽子
発行人：福山八千代
発行所：㈱イースト・プレス
〒101－0051
東京都千代田区神田神保町2－4－7
久月神田ビル8F
TEL 03-5213-4700　FAX 03-5213-4701
http://www.eastpress.co.jp/
印刷所：中央精版印刷株式会社

ISBN978-4-7816-1032-0　C0293